La música del viento

COLECCIÓN

JÓVENES DEL BRONCE

Ésta es una historia imaginaria.
Sin embargo, Iqbal Masih es real,
existió. Éste libro está dedicado a él
y a todos los que, para nuestra impotente
vergüenza, viven, vivieron o vivirán
como vivió y luchó él.

Recuerdo

Huíamos a través de la noche.

Casi, incluso, a través del tiempo.

Porque de lo que escapábamos era de las tradiciones milenarias, la historia, la incultura, el dominio del débil a manos del fuerte, la intolerancia, la esclavitud...

Lacras arraigadas en el submundo de mi fascinante India.

Dios mío... mi fascinante India.

Un océano perdido, distante y remoto, sin costas a las que nadar. No creo que nadie se haya sentido más solo que yo en esos instantes, corriendo, corriendo.

Nada se movía, excepto nosotros.

Diez personas, nueve niños y un adulto. La gran evasión.

—¡Narayan!

—¡Por aquí!

El patio, el muro interior. Primero ella, después el resto. Yo se los subía y ella los pasaba al otro lado. Como plumas. Pese a ello, la opresión de mi pecho me impedía respirar.

¿Qué estaba haciendo?

¿Por qué estaba allí?

Si me cogían, ¿qué podía decir? Me encerrarían en una cárcel india y tirarían la llave. ¿Secuestro? Por lo menos. Mis hijos crecerían preguntándose por qué su padre había preferido a nueve desconocidos antes que a ellos.

Comencé a sudar.

Y de repente, ella retrocedió, volvió atrás.

—Narayan, ¿qué haces?

Me miró con sus intensos ojos cargados de luz.

—Yo vuelvo rápido.

—¡No!

—Vuelvo rápido, espere en calle.

¿Volvía rápido? ¿Adónde iba? Pensé que quería coger dinero.

—¡No necesitamos nada, sube!

—¡No!

Desapareció en el patio, saltó el segundo muro y la perdí en la oscuridad. No era más que una cría, pero era la jefa. Sin ella... Miré a mis ocho compañeros.

Llegué al nivel de la calle, al frente del pelotón, obedeciéndola casi por instinto, pero aún más por miedo. Mis ocho acompañantes, sin embargo, sabían qué estábamos haciendo. Los mayores ayudaban a los más pequeños. Había una extraña disciplina. Por raro que pareciese, formábamos un equipo. Y yo era su dios. El dios cuya promesa significaba la Libertad.

La noche en Madurai era silenciosa.

Al llegar a la esquina de la calle inicié la espera.

La más tensa, terrible, dramática y especial de las esperas de mi vida.

Fue en ese instante cuanto todo pasó por mi cabeza.

Minuto a minuto.

Como el condenado a muerte que ve llegar el fin y rememora su existencia.

En mi caso no era tanto. Sólo desde aquel día. Desde la llamada de mi primo.

Sí, los cinco peores minutos de toda mi vida.

Antes de que estallara la tormenta y las llamas del gran incendio nos empujaran de nuevo por las calles de la ciudad a mí y a mis... ¿liberados?

Alguien escribió una vez: «Si los pájaros no son libres de las cadenas del cielo, ¿qué pretendemos nosotros en la cárcel de la Tierra?».

—Estás loco —me dije antes de que volvieran las preguntas.

¿Por qué estaba allí?

¿Qué demonios hacía?

¿A qué jugaba?

No era un juego. Lo sabía.

Nunca lo fue.

Desde el mismo momento en que escuché la llamada de Martín.

La llamada de Martín, aquel día cargado de ocres...

PRIMERA PARTE

ANTECEDENTES

1

Era un día como tantos de un octubre plagado de ocres. Me gustan los octubres. Hay algo en ellos que invita a la reflexión y la serenidad después de la locura del verano y antes de la nueva locura que supone la Navidad. Hoy en día pasamos de preparar las vacaciones de verano a preparar el consumismo navideño. Así que octubre es una isla. Te recuperas de lo que acabas de vivir y aún no piensas en el pistoletazo de salida navideño que se desata ya en noviembre, en cuanto los grandes almacenes, las marcas de cavas y, sobre todo, las de juguetes, invaden las televisiones con sus «mensajes» de paz.

Hemos sustituido el «respira, así sabes que estás vivo», por el «consume, así sabes que eres feliz».

Pero no es de eso de lo que quiero hablaros.

Ese día de octubre cambiaron muchas cosas, incluso para mí, tan habituado a viajar de aquí para allá y meterme en líos dada mi condición de periodista.

Ese día de octubre sonó el teléfono, a eso de las doce de la mañana, y tuve que dejar de escribir el artículo que debía entregar por la tarde en la redacción de una revista que paga bien. Ya se sabe. Hay buenos trabajos que haces a gusto y están mal pagados y buenos trabajos que haces no tan a gusto pero que están bien pagados. Ése era de los bien pagados. Ayudan a vivir. Sobre todo cuando se trabaja *freelance*, o sea, independiente. Viejas secuelas de mis años hippies.

Descolgué el auricular y escuché la voz de Martín.

Martín es mi primo.

—¿Alberto?

—Caramba, el aparecido. ¿Qué hay? No sabía nada de ti desde la verbena de san Juan.

—Acabamos de volver de la India.

—¡Vaya, te decidiste! Me alegro, ¿qué tal?

—Tenías razón, es un mundo fascinante, aunque duro. Y ha pasado algo.

—¿Algo?

—Sí. ¿Podrías venir a casa esta noche? Cenamos, te enseño las fotos, aunque no sea nada que tú no hayas visto ya, y te hablo de ello. ¿Hace?

—No sé si Estrella tiene algún plan, pero por mí... de acuerdo. En caso de que no pueda, te llamo a mediodía, ¿te parece?

—De acuerdo.

—Oye.

—¿Qué?

—Me has intrigado.

—Ya, ya. Pues espera y verás.

Colgué el teléfono. Era verdad. Me había intrigado. Que Martín me intrigara tenía su parte de sorpresa. Mi primo es un buen tipo, pero... bueno, no es como yo. Ni mejor ni peor. Sólo diferente. Cada año solía irse de vacaciones en septiembre a visitar lugares típicos; yo le había convencido de que debía cambiar de aires. Siempre hablaba de mi suerte, por conocer países exóticos y lejanos, yo le decía que a los países exóticos y lejanos se puede ir igual que a Londres o Roma y hasta por el mismo dinero o menos. Claro que en algunos sitios, como el Tíbet o Papúa-Nueva Guinea, las condiciones de vida son duras. No en todas partes hay Hiltons o Sheratons. Dado mi amor por la India, le había sugerido que empezara por ahí si de verdad quería conocer un poco este mundo nuestro que nos ha tocado vivir. Y me había hecho caso.

Poco podía imaginar yo que eso iba a ser la causa de que volviese a la India antes de lo previsto y de que mi vida cambiase una vez más, aunque sólo fuese a nivel anímico, personal. Ese nivel íntimo que todos tenemos y llevamos muy dentro de nosotros y que en suma es el motor que nos permite seguir, vivir.

Saber y creer.

Cuando llegó Estrella, mi esposa, que es maestra, y le comenté lo de la invitación, no puso ninguna pega. No, no tenía ningún plan. Y podíamos dejar a nuestros hijos con su madre, como solíamos hacer. Así que acabé el artículo, fui a entregarlo a la redacción de la revista junto con la factura y regresé a casa justo a tiempo de cambiarme de ropa y comprar una botella de vino para no llegar con las manos vacías.

Luego salimos.

En octubre el aire suele ser limpio, porque en Barcelona suele llover. Es como si la gente pudiera verse mejor, aunque por lo general nadie mire a nadie y caminemos siempre solos.

Ésa era una noche agradable, muy agradable.

La recordé mucho, después, cuando estaba allí.

2

Mi primo y su mujer, Bernarda, tenían preparada una de sus clásicas cenas informales a base de ensalada, pasta fría, tabla de quesos, *foie-gras* y diferentes tipos de panes, tostados o con tomate. Ellos no tienen hijos, no contribuyen a perpetuar la especie ni a alegrar la vida. Ésa es otra de mis guerras, a veces perdida. Siempre digo que uno no aprende de verdad nada hasta que no es padre. Pero ésa es otra historia.

Nos recibieron como era de esperar, alegres y felices, aunque por parte de él, también expectante, se lo noté. Bernarda expuso en menos de un minuto todo lo que le había parecido la India, haciendo hincapié en la miseria del país y la dureza del viaje. No iba a volver en la vida. Eso sí, había comprado muchas cosas. Yo no me anduve por las ramas, porque mi primera pregunta, después de darnos un abrazo y aguantar la andanada quejica de Bernarda, fue:

—¿De qué quieres hablarme?

—¡Eh! Después, ¿vale? —saltó en seguida Bernarda con su vivo genio—. Primero cenamos tranquilamente.

Y además —puso una soberana cara de fastidio—, seguro que no es más que una broma. Pero como Martín a veces está tan loco como tú...

Tengo fama de loco.

Todo aquel que navegue a contracorriente, sea distinto de los demás y no esté dentro de los cánones, especialmente de la gran masa social, tiene fama de loco.

Me encanta mi fama.

Y estar loco.

—De acuerdo, pero... —miré a mi primo, que puso cara de circunstancias. No se atrevía a llevarle la contraria a su esposa.

—Ven —Bernarda cogió a Estrella de la mano—. Quiero que veas todo lo que he comprado. ¡Qué cosas, qué cosas!

—Nada de marfil, supongo —la detuve yo.

—Que no, hombre, que no, ¡qué pesado eres! Aunque ya me habría gustado, porque había cada maravilla...

—No lo compraste porque fuera caro —le dijo Martín—, sino por Alberto, que te habría puesto de vuelta y media y probablemente nunca más hubiese pisado esta casa.

—¡Anda, calla, calla! —se puso combativa—. ¿Y si está tan vigilado y prohibido, por qué lo venden en todas partes aunque sea a escondidas, eh?

Dio por terminada la breve disputa y se fueron las dos. Bueno, más bien se fue Bernarda arrastrando a Estrella. La India puede gustar o no gustar, pero para una compradora compulsiva como la mujer de mi primo, es un paraíso. Sedas, piel, tallas en hierro o madera —además del prohibido e ilegal marfil—, dibujos y pinturas en diversos tipos de soporte, desde el papel avejentado hasta tela, colores brillantes...

Martín y yo nos quedamos mirando.

—Había marfil —me dijo con pesar—. Te lo sacaban de debajo de los mostradores en todos los hoteles y la gente lo compraba y lo pedía. Te habrías puesto enfermo.

—Suelo ponerme enfermo —reconocí—. Y me encanta cuando a alguien se lo pillan en la frontera. Ya no puedo hacer nada por el pobre elefante, pero...

—En fin —mi primo se encogió de hombros, un gesto característico al hablar de este tema, y no me refiero sólo a él—. ¿Qué quieres tomar?

—Nada, gracias. ¿Puedes adelantarme algo? —insistí—. Tu tono no parecía el del turista que está loco por enseñar lo que ha comprado a los amigos.

—Bernarda tiene razón, es mejor después —suspiró Martín.

—Dime al menos si se trata de un tema para un reportaje o...

—Sigues siendo miembro de todas esas ONG, claro.

—Ya sabes que sí, de Amnistía Internacional, Médicos sin Fronteras, Greenpeace, Ayuda de Acción Directa y de un par de Organizaciones No Gubernamentales más, aunque siempre por libre, francotirador, sin ataduras de ninguna especie salvo pagar mi cuota anual. En eso no cambio.

—Entonces esto te interesará, tranquilo.

No lo estaba. Martín había logrado despertar algo más que mi curiosidad. Sin embargo, aunque sólo fuese por cortesía, tuve que esperar pacientemente. Bernarda estaba en plena sesión de mostrar a Estrella sus nuevas adquisiciones. Justo cuando entramos nosotros extendía a sus pies una alfombra enrollada.

—Y ésta es la alfombra —le decía a mi mujer—. ¿A que es una maravilla? ¡Y baratísima! ¿Cuánto dirías que nos costó? Regateando, claro, ¡porque mira que les gusta regatear!, ¿eh? Se pueden pasar el día tirando y aflojando. Tenían unas alfombras grandes, enormes, pero es lo que yo digo, ¿cómo te la traes? Y lo de enviártela... Yo no me fío, lo siento. Por lo menos me traje ésta. Es que estoy enamorada de mi alfombra, ¿sabes? Enamoradísima. Aunque no sé dónde ponerla, mira. En fin, qué voy a contarte, si ya has estado allí, ¿verdad?

—Una vez —reconoció Estrella—, como tú ahora. El experto es Alberto.

—De todas formas, vaya con la dichosa alfombrita y sus sorpresas... —Bernarda miró a su marido.

Martín me miró a mí y después bajó la cabeza.

Yo miré de nuevo la alfombra.

Entonces supe, por alguna extraña razón, ya que siempre me fío de mi instinto y porque, a veces, es todo lo que realmente tengo, que estábamos allí por ella.

Aunque no podía intuir el motivo.

Ni remotamente.

3

La alfombra estuvo presente en la cena, porque Estrella le dijo a Bernarda que el mejor sitio era el comedor y no debajo de ninguna mesita, sino justo en la entrada, para que resaltara más. A la mujer de mi primo le pareció genial.

Así que allí estaba.

Era pequeña, un metro veinte por sesenta centímetros más o menos, de color predominantemente rojo, gruesa, trabajada con mimo, con uno de esos dibujos imposibles llenos de barroca y preciosista simetría. Los lados más cortos tenían un fleco de unos escasos centímetros. Yo no podía apartar mis ojos de ella, porque notaba la tensión con que la miraba Martín. De ahí que después de dar buena cuenta de casi todo lo que Bernarda había dispuesto en la mesa, ya no soportara más la impaciencia y afrontara el tema:

—Bueno, ¿y ahora se puede saber para qué me has hecho venir?

—¿No queréis ver antes las fotos del viaje? —trató de mantener un poco más la calma nuestra anfitriona.

—No —le dijimos mi primo y yo al unísono.

—Está bien —se rindió Bernarda.

Estrella y yo esperamos a que Martín tomara la palabra. No lo hizo. Se levantó, salió del comedor y estuvo fuera menos de diez segundos.

—A mí me parece una tontería, en serio —comentó su mujer para dejar bien sentado su punto de vista—. Pero como es primo tuyo... Fue lo primero que dijo: «Esto tiene que verlo Alberto».

Cuando Martín regresó llevaba un pedazo de papel de periódico arrugado en la mano, aunque lo había extendido y alisado con mimo. Me lo tendió. Era triangular y apenas medía cinco centímetros de alto por diez de ancho en los dos lados que formaban el ángulo recto. La imaginaria hipotenusa, resultado del corte tras haber sido arrancado de la página, había segado el texto por ambos lados. El periódico era inglés. Al tratarse de la esquina inferior de una página, había algo escrito en el margen blanco, también en inglés, con faltas y tosquedad, casi tanto como las letras, mayúsculas e irregulares. Lo traduje mientras lo leía en voz alta.

«Socorro. Ayuda, por favor. Somos esclavos. Libertad. Iqbal.»

Eso era todo.

—Increíble, ¿no? —rompió una vez más el silencio Bernarda.

Pasé de ella, lo mismo que Estrella. Los dos mirábamos a Martín. No hizo falta preguntarle nada.

—Lo encontramos ahí, dentro de la parte gruesa de esa esquina.

Se refería al remate de la alfombra que protegía los bordes a modo de dobladillo.

—¿Has mirado si había más? —pregunté.

—Sí. No hay nada. Nos costó mucho sacarlo sin romperlo.

—¡Como que casi la desmonta! —protestó su mujer.

—Bernarda, vale ya —dijo Martín cansado.

—¡Pero no ves que es una broma! A ver, ¿qué hacía eso metido ahí dentro? ¡Por Dios, que parecéis críos!

—¿Tú crees que es una broma, Alberto? —quiso saber Martín.

Conozco la India y muchos otros países de Asia. Demasiado.

—No, no lo creo —reconocí.

—Fíjate en el papel de periódico —señaló Estrella.

Sabía a qué se refería. El papel estaba amarillento, o sea, que no daba la impresión de ser precisamente de un ejemplar de la semana anterior.

—¿Qué te parece? —preguntó Martín.

—Bastante dramático —le fui sincero.

—¿Crees que es auténtico?

No tenía una respuesta clara para eso, pero el papel me quemaba en las manos por alguna extraña razón. Me quemaba y me hacía daño; aquellas toscas palabras escritas con bolígrafo me encogían el corazón.

—¿Dónde compraste la alfombra? —interrogué a mi primo.

—En Madurai, aunque no me hagas decir nada más porque esa gente tiene unos nombrecitos... El guía nos llevó a la salida de un templo que visitamos, antes de regresar al hotel.

—Conozco el sistema. En cuanto al templo, tuvo que ser el de Meenakshi.

—Estuvimos casi una hora en esa tienda. Vendían de todo, ya sabes, pero las dos plantas superiores estaban llenas de alfombras y eso parecía ser su fuerte.

—¿Compró alguien más?

—Sí, sí. Unos de Bilbao compraron dos, como la nuestra, del mismo tamaño. Una pareja de Sevilla otra más, un poco mayor. Y finalmente unos de Lleida una grande. Tenían que enviársela.

—¿Intercambiasteis direcciones y teléfonos, como suele hacerse en estos viajes?

—Sí, tengo los suyos.

—¿Y el del guía?

—También. Prometí mandarle unas fotografías. Es de Madrid.

—¿No me digas que vas a llamarlos? —alucinó Bernarda.

—¿Por qué no?

—Estrella —miró a mi mujer en busca de apoyo—. No hablará en serio, ¿verdad?

—Deberías saber que sí —certificó Estrella.

—¡Ay, Señor! —suspiró levantando las manos al cielo—. ¿Queréis que tenga pesadillas? ¿Queréis que cada vez que mire esa alfombra se me revuelvan las tripas?

—A toda la gente que tiene marfil en sus casas no se les revuelve nada y saben de dónde procede —la pinché yo.

—¡Es diferente!

—¿Lo crees así? La mayoría también sabe que quienes fabrican esas alfombras son niños convertidos en mano de obra barata.

—¡Bah! —se levantó para ir a la cocina por el café—. ¡Estáis todos locos con tanta ecología y tanta monserga! ¡Dentro de un millón de años ya no habrá elefantes ni ballenas, igual que ahora ya no hay diplodocus! ¿Y qué? ¡Es ley de vida!

A veces me preguntaba qué había visto mi primo en ella, al margen de que cuando se casaron era preciosa y aún se conservaba diez años después.

—Bernarda, no seas radical y respeta todas las opciones —le reprochó su marido.

—Respetadme mi alfombra, ¿vale? —insistió con enfado mientras salía de la sala.

Nos quedamos solos.

—¿Puedes prestarme esto? —le dije a Martín con el papel en la mano.

—Por supuesto. ¿Qué vas a hacer?

—Aún no lo sé, pero...

—No vi nada que pueda ayudarte —me aclaró él antes de que le preguntara—. Sólo la tienda. Eso es todo. De no haber fisgado en la alfombra para ver cómo estaba hecha, lo más seguro es que nunca hubiera encontrado ese papel, que además estaba metido dentro del pliegue y absolutamente escondido.

—¿Realmente quien lo haya puesto esperaba que alguien lo encontrara? —dijo en voz alta Estrella con un estremecimiento—. Porque si es así, resulta... espeluznante.

—Si se está muy desesperado... —mencioné yo con deliberada cautela.

Nos miramos de nuevo, pero ya no dijimos nada más. Bernarda volvía con su café en las manos y su enfado a cuestas.

4

Estrella trató de penetrar en mis pensamientos nada más salir de casa de mi primo, mientras caminábamos hasta el coche aparcado a menos de veinte metros de la puerta del edificio.

—¿Qué crees?

—La verdad, no lo sé.

—¿Una broma?

—No —dije con abierta seguridad—. Nadie se arriesga a esconder una llamada de socorro como ésta en un lugar donde, además de un posible comprador, pueda encontrarla el mismo vendedor de la alfombra.

—Es lo que yo pensaba —me confirmó mi mujer.

—Y ese papel... —no era la primera vez que ella o yo nos estremecíamos al verlo o recordarlo—, es como un grito, un alarido. Una petición imposible colocada en un lugar inaudito y sin ninguna esperanza de... —me detuve junto a mi coche—. Por eso resulta más cruel.

—Lo malo es que ese mensaje puede llevar ahí años.

Todo eran conjeturas. Todo eran suposiciones. Pero los dos sabíamos que nos iba a costar dormir. De niño había leído historias de piratas en las que los náufragos de las islas desiertas enviaban mensajes en botellas. Siempre me habían parecido fascinantes. De hecho, durante un verano me dediqué a recoger cuantas botellas de Coca-Cola, Pepsi, Fanta y Kas encontraba, para meter mensajes dentro y lanzarlos al mar.

Los niños de hoy en día ya no pueden jugar a eso. Hoy los refrescos se venden en lata.

Y son reciclables. Nada de lanzarlos al mar.

—Supongamos que sea verdad —Estrella se abrochaba el cinturón de seguridad—. ¿Qué puede hacerse?

—No tengo ni idea —fui tajante.

—Es raro en ti —reconoció.

—Soy periodista, sabes que a veces me he metido en líos por un buen reportaje. Pero eso era hace años.

—¿Irás a ver alguna ONG?

—Sí.

Puse el coche en marcha. El motor rugió con su característico sonido de máquina recién despertada y me encaminé a nuestra casa. No era muy tarde. Yo carecía de horario y no tenía que madrugar, pero Estrella, Martín y Bernarda sí se veían en la obligación de hacerlo, así que la velada no se había prolongado demasiado. La inquietud de mi mujer se manifestó nada más detenernos en el primer semáforo.

—Esa letra es de un niño, ¿verdad?

—No necesariamente. Un adulto sin cultura o que está aprendiendo a escribir...

—Vamos, Alberto —me detuvo Estrella—. Soy profesora, ¿recuerdas? Sé muy bien cómo escriben los «enanos», aquí o en la India. Además, tú lo has dicho, cualquiera que sepa un poco de eso sabe que esas alfombras las hacen niños y niñas preferentemente.

—Cualquiera menos Bernarda —me atreví a sonreír.

—Tampoco hay que culparla. Sin una educación de base, sin una concienciación previa, ¿qué esperas? Estamos aquí, a mucha gente el resto del mundo le parece algo muy lejano. ¿África? ¿Elefantes? ¿Antártida? ¿Contaminación? ¿Japón? ¿Ballenas? Un día fuimos a casa de sus padres, ¿lo has olvidado? Aquello era un verdadero museo; ella creció ahí. Todo el mundo piensa que por tener una figurita de marfil no van a terminarse los elefantes, o que los abrigos de pieles no se hacen con animales sacrificados ilegalmente, sino criados con ese fin. Cando te compras una alfombra aún te crees que se ha hecho en una fábrica o, si está hecha a mano, que ha sido tejida por un verdadero operario con su sueldo y su seguridad social. ¿Es barata? Bueno —hizo un gesto de fingida indiferencia—, es porque en esos países todo es distinto. Es más, comprando cosas se les ayuda y todos ganamos, ¡oh, sí! No se piensa que si es barata es porque, pese a todo, para el vendedor todo es beneficio, porque el operario no es tal, sino...

—¿Un esclavo? —la ayudé a terminar.

—Un esclavo, un niño, una niña...

Esclavos. Ésa era la realidad y ésa era la palabra empleada por Iqbal en la nota. Esclavitud real frente al mito de las alfombras orientales, hechas «a mano» por niños porque ellos pueden hacer los nudos más pequeños. Un mito muy duro. Incluso hay zonas donde la maquinaria, si existe, ha sido rediseñada para el tamaño de esas manos infantiles, como piezas de miniatura. India, Pakistán, Turquía y Marruecos son cuatro de los países más productores. Irán, la antigua Persia, no emplea niños. Es una curiosa historia, triste además, por lo que «su lección» representa para otros países. En los años sesenta el Sha de Persia tuvo un acto humanitario importante: prohibir el trabajo infantil, hasta el remunerado. Lo prohibió porque iba en contra de sus principios como líder de un estado islámico moderno. Al no existir esa mano de obra barata, las alfombras persas dejaron de ser competitivas en los mercados internacionales y se perdió esa fuente de ingresos, una de las más importantes, con lo cual el país entró en una rápida y evidente ruina económica. Eran los años de mayor demanda de alfombras, dada la bonanza económica de Occidente, y la antigua Persia perdió su papel de líder en el sector. Aquello marcó a sus vecinos, India y Pakistán. Irán aún tiene las mejores alfombras, pero el mercado prefiere precios más económicos y sólo se logran con una mano de obra barata. A veces tan barata que incluso no existe salario. ¿Qué país escoge hoy la salvaguarda de sus niños antes que la supervivencia de la nación? Es más fácil sacrificarlos. Los niños abundan.

Y son sus mismos padres los que los esclavizan o venden o...

—Vale —suspiré tras la pequeña tormenta de mis pensamientos—. Mañana veré lo que puedo hacer.

—Lo dices como si no desearas haber encontrado ese papel.

—¿Quieres saber la verdad? —la miré con dolor—. Ojalá no lo hubiera encontrado, sí.

—¿Por qué?

—De entrada significaría que nadie lo ha escrito ni lo ha puesto en el dobladillo de esa alfombra.

—Pero existe y, si es verdadero, ciertamente alguien lo ha colocado.

—Lo sé —asentí con la cabeza—. Y ahora mismo no me siento con fuerzas para afrontar algo así.

Nos detuvimos en otro semáforo. Estrella lo aprovechó para poner su mano en la mía. Era un contacto gratificante, lleno de calor. Un contacto vivo que me hablaba de vida.

Que uno sea un romántico, pase, pero que también lo sea tu mujer...

—Una vez me dijiste que nunca cerrarías los ojos a nada y te creí. Por eso estamos aquí.

—Estrella, ¿qué quieres que haga? —le pregunté con cierta aprensiva angustia.

—De momento, lo que me has dicho: ver qué puedes hacer.

—¿Y después?

Me conoce demasiado bien. Son quince años. A veces es bueno. A veces es malo. Casi nunca indiferente.

—Hacer lo que tengas que hacer —me dijo con su natural simplicidad, envolviéndola con una sonrisa dulce.

¿Es una quimera creer que realmente siempre se puede hacer algo, siempre, sean cuales sean las circunstancias?

5

Desperté con dolor de cabeza y la sensación de no haber dormido nada bien. Claro que la culpa no sólo era de las pesadillas. Había cenado demasiado. Los quesos de Bernarda eran gloriosamente fuertes. *Mea culpa*.

Al lado del teléfono había una nota de Estrella.

Una nota muy simple pero, para mí, tan o más densa que una guía telefónica.

«Te quiero.»

No me precipité. Primero una ducha. Después un desayuno que me despejara. Finalmente sí, el teléfono. Saqué la lista de nombres y números facilitada por Martín. A la primera persona que llamé fue al guía de la expedición de septiembre en la que habían militado mi primo y su mujer. Me encontré con un contestador automático que no me aclaró si el tal Juan Pablo Martínez estaba fuera de su casa o de nuevo en ruta con otra docena y media de «guiris». Por si acaso, le dejé un mensaje con mi nombre y número.

Después el número que marqué fue el de Bilbao. Dos alfombras como la de Martín y Bernarda.

—¿Dígame? —se puso una voz femenina al aparato.

—¿Señora Edurne Estebaranz?

—Sí, yo misma. ¿Quién es?

—No me conoce, señora. Me llamo Alberto Serradell y soy primo de Martín y Bernarda. Usted acaba de hacer un viaje a la India con ellos.

—Sí, ¿cómo están?

—Muy bien —¿cómo decirle a una desconocida que se pusiera a mirar los dobladillos de sus alfombras sin que me tomara por loco?—. Anoche cené con ellos y me hablaron mucho de ustedes y de lo bien que lo pasaron.

—Nos lo pasamos muy bien, sí. Fue duro, porque el calor y las comidas picantes, además de no parar en todo el día de ir de aquí para allá, acaba con cualquiera, pero a mí me encantó. ¡Ah! —pareció recordar algo de pronto—. ¡Usted es el periodista, claro!

—En efecto.

—Tanto gusto. Su primo me contó cosas suyas, sí, sí.

—Me alegro, señora, porque he de pedirle algo de lo más peculiar.

—¿Ah, sí? Usted dirá. Si está en mi mano...

—¿Recuerda la alfombra que compraron Martín y Bernarda?

—¡Claro! Yo tengo dos prácticamente iguales.

—Pues de eso se trata, señora Estebaranz. Verá... en la de mi primo, en uno de los dobladillos, cerca del extremo, ha aparecido una nota, una carta escrita en papel de periódico. Queríamos saber si, por casualidad, en sus alfombras se da la misma circunstancia.

—¿Una carta dice? —su tono reflejó el pasmo que sentía.

—Ya le he dicho que le parecería una estupidez, pero no lo es. Se trata de algo que puede ser importante. Si fuera usted tan amable de comprobar sus alfombras.

—¿Qué decía esa carta? —no se movió del aparato.

—El que hizo la alfombra pedía ayuda.

—¿Ayuda?

—En algunos países se utiliza mano de obra barata y los dueños los tienen esclavizados. Los muelen a palos, ¿sabe? —me callé lo de los niños.

—No me diga.

—Comprenda que puede ser un magnífico reportaje, ¿entiende? —tuve que mentirle—. Si hubiera una segunda nota... significaría que la de mi primo no es una broma.

—Increíble, hay que ver cómo son ustedes, ¿eh?

—Sí, señora, ya ve.

—Bueno, puedo examinar una de las alfombras, la mía. La otra la compré para mi madre y se la di nada más llegar, aunque la veré esta noche. Si se espera un minuto...

Me esperé, conteniendo la respiración. No fue un minuto, fueron tres. Eso quiere decir que la señora Estebaranz lo hizo a conciencia. Cuando regresó al teléfono pude notar su desencanto y su desánimo.

—¿Señor Serradell?

—Sigo aquí, diga.

—No hay nada, y he mirado bien.

Yo también me sentí desencantado. ¿O aliviado? No podría precisarlo.

—Bueno, después de todo era lógico. Siento haberla molestado.

—No es ninguna molestia. Y comprobaré la alfombra de mi madre, no se preocupe. Si me da su número...

Se lo di y tomó nota. Me dio la impresión de que había puesto en marcha su capacidad de asociación. Me lo demostró dando rienda suelta a sus pensamientos.

—¿Sabe algo? No me extrañaría que en efecto esa gente tuviera trabajadores en condiciones deplorables, porque eran... Como los restaurantes chinos en España, que una está comiendo tan tranquila y piensa que a lo peor abajo hay doscientos ilegales fabricando opio, ¿entiende? En esa tienda, bueno, y en todas, te iban a vender lo que fuera y como fuera, ¡qué pesados! Mucho darte refrescos y sonreírte, pero al que no compraba nada... Eso sí, las alfombras eran tan bonitas...

—Ha sido muy amable, señora Estebaranz.

—Al contrario, no se preocupe que le llamaré, ¿eh? Salude a Bernarda y a Martín de mi parte.

—Lo haré, gracias.

Colgué y marqué el número de los siguientes de la lista: Miquel y Elisa Ruiz, de Lleida.

6

La alfombra de los de Lleida aún no había llegado. Ya les dijeron que tardaría un mes como mínimo. Un largo viaje desde la India hasta España. La mujer me prometió examinarla en cuanto la desembalara. Le di las gracias, sabiendo que para cuando eso sucediera las cosas ya se habrían precipitado o paralizado del todo, y centré mis esperanzas en los últimos compradores de alfombras, Sonia y Paco Romero, de Sevilla. No había nadie en su casa, ni tampoco un contestador, así que repetí mi llamada tres veces durante la hora y media siguiente. A eso de las dos por fin oí una voz femenina al otro lado del hilo telefónico. Bernarda y Martín ya me habían hablado de la simpatía y la gracia de la sevillana, pero desde luego se quedaron cortos.

Casi cinco minutos después de muchos epítetos andaluces y no pocas risas universales, colgamos sin haber avanzado nada en la investigación. La alfombra de los Romero tampoco tenía ningún mensaje en sus dobladillos. Elisa Ruiz me hizo jurarle que le diría si en las otras alfombras encontraba alguno. Creo que lamentó haberse quedado fuera del reparto.

Cuando llegó Estrella con nuestros hijos, Diana y Oscar, me encontró todavía sentado junto al teléfono, mirando la nota, el papel de periódico.

—¿Algo nuevo? —quiso saber.

—No —la informé de mis dos decepcionantes llamadas o mejor dicho una y media, ya que faltaba comprobar la alfombra de la madre de Edurne Estebaranz.

—¿Desilusionado?

Seguía sin tener una respuesta. Pensaba que ojalá todo fuese una broma. Eso significaría que nadie estaba tan desesperado como para haber escrito aquello. No había que olvidar el factor tiempo.

¿Cuánto tiempo llevaba aquel pedazo de periódico en la alfombra?

Diana y Oscar, diez y siete años respectivamente, no colaboraron mucho en la estabilidad de mi paz, así que su madre tuvo que enviarles a la habitación antes de que diera rienda suelta a mi mal humor. Ella no había tenido una mañana mejor. Uno de sus «enanos», como los llamaba cariñosamente, se había roto un dedo en el patio, emulando a algún olímpico. Además, tenía el tiempo justo para comer y volver a la escuela para las clases de la tarde.

Miré el recorte por ambos lados. Al estar rasgado, apenas había algunos párrafos cortados en diagonal. En uno se hablaba de un partido de hockey sobre hierba, pero sin apenas datos. En el otro lado se hacía un comentario sobre un accidente de tren, algo de lo más frecuente en la India, donde los trenes van tan llenos como lo están las superpobladas ciudades y pueblos del país. El texto estaba escrito en tiempo presente y en él sólo destacaba una cifra y un nombre. La cifra era la de los muertos, 137. El nombre, el de una ciudad, Mahabalipuram.

Eso estaba en el sureste, no lejos de Madrás, aunque no significaba que el periódico procediera del sur, obviamente. Era una noticia.

Miré la hora y acabé levantando el auricular del teléfono de nuevo. Marqué el número de la redacción del *Avui* y pregunté por Álvaro Cremades. No esperaba encontrarlo, pero tuve suerte. Claro que con lo de su divorcio, a lo mejor vivía ya en el periódico.

—¡Albertito!, ¿cómo te va, hombre?

—Bien, ya sabes.

—¡Tú sí que vives bien, libre y escribiendo lo que te sale de las narices!

—Hombre, tampoco es eso.

—A mí me lo dirás —se burló antes de decir directamente—: Vale, ¿qué quieres? Pide por esa boquita.

¿Para qué mentirle? Cuando un profesional llama a otro raramente es para hablar de cómo le va la vida.

—India, accidente de tren en Mahabalipuram, 137 muertos. Necesito saber cuándo tuvo lugar, si es que aquí se habló de eso.

—Cuando hay más de cincuenta muertos, se habla —me dijo—. En la India lo raro es que no mueran mil o dos mil cada vez que pasa algo. ¿Esperas?

—Espero.

Esperé y conté los segundos y los minutos. Era un disparo al azar, pero como periodista sabía que basta un dato para tener el resto. No me equivoqué. Álvaro Cremades se tomó su tiempo pero volvió con dos simples palabras:

—Dos años.

—¿Seguro?

—Seguro. Julio, Mahabalipuram, 137 muertos y más de trescientos heridos. Choque frontal. Menos mal que no iban rápido.

—Gracias, Álvaro.

—¿Me lo contarás?

—Te lo contaré.

No tuve que buscar a Estrella para comunicárselo después de colgar el auricular. Estaba en la puerta.

—Si escribió el mensaje cuando ese periódico se publicó, esto —levanté el recorte pese a que cada vez parecía pesar más en mi mano— llevaba en esa alfombra dos años y tres meses.

7

El guía del viaje a la India seguía sin estar en casa, y la sospecha de que pudiera haberse embarcado en otro *tour* de tres semanas creció en mí. Para eso son guías, no para quedarse viendo la tele. Suelen ser personajes curiosos, de temperamento libre, sin ataduras, siempre en ruta. He conocido a muchos, bueno, mejor decir a muchas. Parece como si hubiera más mujeres guías que hombres.

No me moví de casa. Saqué las fotografías, los planos, los detalles, los recuerdos y cuanto tenía de mis viajes a la India, y presté especial atención a Madurai. Podía recordar hasta el olor del templo de Meenakshi. En cada país, los templos huelen de una forma, pero los aromas de los tibetanos y los hindúes son muy especiales. En la India la mayoría de ellos huelen igual, por la porquería de los murciélagos pegada al suelo así como por el incienso que invade todo su espacio. Pero el templo de Meenakshi tiene características diferentes. Por un lado, su enormidad, su intrincado laberinto de pasadizos, estatuas de dioses y diosas, altares y templos interiores, salas pobladas de bestias fantásticas... Por el otro, la ceremonia nocturna de llevar al dios Shiva a visitar la cámara de su diosa, Parvati, realizada con sencilla pompa, y la curiosa estatua de Kali cubierta de manteca. Sí, manteca. Los fieles compran bolitas de algo parecido a la mantequilla y se las arrojan a la diosa Kali, de forma que la estatua es una inmensa mole de piedra ennegrecida recubierta de bolitas que se deshacen por el calor. La limpian cuando está toda cubierta, cosa que suele pasar a cada momento, pero el olor flota en las inmediaciones de la imagen. ¿Y cómo olvidar ese olor?

Me gusta la India. Desde mi ignorancia, desde mi pobre cultura occidental, reconozco que cuando estoy allí me siento perdido, pero percibo las vibraciones, la intensidad de un mundo formado por miles de mundos. La India es color, sensación, estímulo, caos, espiritualidad, fuerza, pasión... Y siempre me he sentido libre, tanto en el sur como en el norte, navegando durante una puesta de sol por los *backwaters* o caminando en un anochecer por Udaipur junto a la mole del palacio, contemplando embelesado una cremación en Benarés o sumergiendo mi mano en las aguas del milenario Ganges, mientras hago mi ofrenda en forma de llamita flotando sobre unas hojas trenzadas a mano y los peregrinos se bañan en los *ghats*, las enormes escalinatas que descienden desde la ciudad hasta el río.

Quizá por todo eso, y por mucho más, por esa clase de cosas que llevamos ocultas los humanos en nuestro corazón, me fascinaba y me atraía tanto aquel caso, el desgarro sobrecogedor de la historia, cuanto se ocultaba detrás de la nota de socorro de Iqbal.

Iqbal.

Nunca había oído ese nombre. Ni siquiera sabía si correspondía a un varón o a una hembra.

Debí de pasar un par de horas recordando, rememorando cada foto, ojeando los mapas, asomándome a mi memoria. De ellas, una cuarta parte lo hice con los ojos cerrados, captando y rescatando las imágenes de lo que es imposible describir o explicar. Es igual que llevar un vídeo oculto. Los hombres desnudos que caminan apartândose las moscas del cuerpo, porque no pueden matar a ningún ser vivo, como hacen los jainistas. Los leprosos que aparecen a decenas en las fiestas religiosas pidiendo limosna. Los vendedores de los mercados que mueven la cabeza como si en lugar de cuello tuvieran un pivote y ésta les bailara encima, porque nunca dicen «sí», «no», «tal vez»... sólo mueven la cabeza.

El timbre del teléfono me despertó de mi abstracción a media tarde. No esperaba que fuera él, pero me alegré de oírle.

—¿Señor Alberto Serradell? Soy Juan Pablo Martínez.

El guía de Martín y Bernarda.

Hasta ese momento, no sabía si decirle la verdad o inventarme otra historia. Los guías basan parte de sus ganancias en las compras que efectúan los turistas en las tiendas a las que ellos les llevan. Siempre ha sido así y no hay nada que objetar. Los mismos turistas quieren comprar, algunos a la desesperada, compulsivamente —tal vez para demostrar después que han estado allí—, y piden lugares baratos y de buena calidad en la oferta. No sabía si la tienda de las alfombras la regentaba un amigo o un conocido del guía o si por el contrario se trataba de una relación meramente comercial.

No quise arriesgarme, de momento.

—Hola, ¿cómo está? Le agradezco que me haya llamado.

—Decía en el mensaje que es el primo periodista de Martín y Bernarda.

¿A cuánta gente le habían hablado de mí?

—Cierto, estuve anoche con ellos, cenando, hablando de su viaje.

—Sí, formamos un buen grupo. No siempre es así. ¿Qué quería?

—Es acerca de la alfombra que compraron en Madurai.

—Preciosa —me vendió el género—. Son los mejores fabricantes que conozco. Por eso llevo siempre allí a mis turistas.

—¿Podría darme las señas?

—¿Va a ir a la India?

—Tal vez, pero si no lo hago, puede que les escriba y les mande el dinero para que me envíen una. Pensaba hacer una foto de la de mi primo con la Polaroid y mandarla para que sepan lo que quiero.

—Si lo hace, no deje de darles mi nombre. El precio que le hicieron a Martín y a Bernarda fue de amigo. No es el mismo que el de un cliente normal.

—Claro, claro.

—Si se espera un segundo. Voy por la dirección.

Me caen bien los guías, aunque algunos parezcan pulpos. Cada cual ha de sobrevivir como puede.

—¿Toma nota?

—Sí, adelante.

—Pankaj Shah —comenzó a decir—. ¿Se lo deletreo? —Le dije que sí y lo hizo—. 37/2 Chinnaswamy Mudaliar Street. ¿Quiere el teléfono y el número de fax?

Tomé nota de todo, hasta estar seguro de que no me faltaba nada. Después, hice las preguntas que realmente me interesaban, aprovechando que ya me había granjeado la simpatía del guía.

—¿Sabe si esa gente tiene fábrica propia o si por el contrario...?

—Las fabrican ellos, sí, seguro —me contestó con firmeza—. Ni hay intermediarios que encarezcan el producto ni lo importan de ninguna parte. Es pura artesanía. Todo hecho a mano, se lo aseguro.

Hecho a mano, *handcrafted*, la palabra mágica.

—¿Lo ha visto usted?

—Claro. El taller está en el mismo edificio. Esa clase de negocios suelen ser familiares. Aunque... bueno, usted ya conoce la India, ¿no? Su primo me dijo que suele viajar mucho y que había estado allí varias veces.

—Siempre por motivos laborales. Nunca he tenido tiempo de ir de compras —le mentí.

—Lo entiendo.

—¿Puedo hacerle una pregunta más?

—Adelante.

—¿Esas alfombras, las hacen niños?

—No sabría decirle.

—Ha estado en el taller.

—Bueno, una vez, hace dos o tres años, y la verdad, no me fijé. Aunque ya sabe que para algún tipo de trabajos utilizan niños, por aquello de que tienen las manos pequeñas y los dedos delgados.

—Bien, creo que eso es todo. Ha sido usted muy amable, y perdone la molestia.

—¿Qué dice? Ningún problema, hombre. A ver si se anima y hace un viaje conmigo de guía. Dele mis recuerdos a Martín y a Bernarda.

—Lo haré, gracias.

Cinco minutos después, cuando llegaron mis hijos y se acabó la paz, yo seguía sentado mirando las señas de la tienda de las alfombras anotadas en el papel.

8

La llamada telefónica de Edurne Estebaranz se produjo poco antes de que empezáramos a cenar. Le estaba contando a mi hijo que, aunque no le gustara lo que se veía por su ventana, no estaba bien que hubiera dibujado una con rotuladores, en mitad de la pared, con árboles al otro lado, pese a lo loable de su acción. Y eso que me entusiasmaba su sentido ecologista, la verdad. Claro que como le diera por pintar ventanas por toda la casa...

—Bilbao —me dijo simplemente Estrella.

Dejé a Oscar para que meditara sobre su acción y fui hacia mi despacho a buen paso. Sentía que aquello era una buena señal.

Es decir, buena para acabar de confirmar la historia. Mala porque, si era verdad, seguía siendo algo espeluznante golpeándonos de lleno en nuestra conciencia occidental y pequeñoburguesa.

—¿Señora Estebaranz?

Más que una voz, fue un grito.

—¡Lo he encontrado, señor Serradell! ¡Tenía razón! ¡Hay un mensaje en la alfombra de mi madre, en una esquina, metido en el dobladillo, y desde luego no estaba nada visible a no ser que se mire expresamente! ¿Qué le parece?

Buena pregunta.

Estaba literalmente helado y supongo que pálido.

—¿Qué dice la nota?

—Está en inglés. Cosas como *help* y *please* y... Yo no sé inglés, pero lo de *help* es como aquella canción de los Beatles, y significa «socorro», ¿verdad? Y lo de *please* es «Por favor», que hasta ahí sí llego.

—¿Aparece la palabra Iqbal al final de la nota?

—Sí. Iqbal.

—Ha sido usted de una gran ayuda, señora Estebaranz —suspiré con un súbito agotamiento, como si ya supiera lo que iba a pasar a continuación y la clase de lío en el que me iba a meter—. Y aún podría hacer algo más por mí, si fuera tan amable.

—¿Quiere que le mande por correo el recorte de periódico con esas palabras? —se me adelantó ella.

—Mejor si pudiera hacerlo por fax. ¿Tiene fax, señora Estebaranz?

—No, ni mi madre tampoco, pero Gorka sí que tiene en su oficina. Podría enviárselo mañana por la mañana.

—Eso sería perfecto.

—Pues no se preocupe. Está hecho.

—No se olvide de mandar los dos lados del recorte.

—¿Hasta el que no está escrito a mano?

—Sí, por favor. Puede ser importante. ¿Quiere anotar mi número de fax?

—Diga, diga —lo anotó. Parecía una mujer despierta, viva. Ella también sentía interés por el tema—. ¿De verdad escribirá usted sobre esto?

—Haré algo más —le confesé—. Para eso están las organizaciones de ámbito internacional: Amnistía, Greenpeace, Ayuda de Acción Directa...

—Desde luego —noté que ya no estaba exultante y nerviosa, sino más bien entristecida—. Si llego a saberlo, no hubiera comprado esas alfombras, créame.

—Pero usted no lo sabía, señora Estebaranz, y el problema no es ése. Esté tranquila. Ya ha hecho su parte. Lo importante es que todos juntos formemos una cadena, eslabón a eslabón. Si falla uno sólo, la cadena se rompe.

—Pase lo que pase, ¿le importaría decírmelo? —me pidió.

—Lo haré, le doy mi palabra. Sin esa segunda nota tal vez incluso habría llegado a pensar que esto podría ser una broma.

—Mañana tendrá ese recorte por los dos lados.

—Gracias.

Dejé el auricular y salí de mi despacho hogareño —en el cual tenían prohibida la entrada mis hijos por obvias razones de seguridad—, para ir en busca de Estrella.

Oscar aún discutía acerca de su derecho a tener una ventana con árboles al otro lado, como la de su amigo Elías, y muy especialmente discutía sus dotes como dibujante, que le parecían magníficas.

9

El fax de Bilbao estaba enrollado en la mesa de mi despacho cuando me levanté tras una noche movidita en la que soñé que navegaba por el Ganges en un clásico amanecer en Benarés, con miles de personas bañándose a esa hora en el río sagrado. La primera vez que estuve ahí viendo ese ritual, fue uno de los momentos sublimes de mi vida.

Otros fueron mis estancias en Petra, Machu-Picchu, el Nilo y las pirámides, Iguazu...

Cogí el papel y lo corté. Eran dos páginas y, según figuraba en la cabecera, había llegado a las ocho y tres minutos. Bien por Gorka y Edurne Estebaranz. La primera de las hojas contenía el anverso de la página del periódico con la nota escrita a mano, tan tosca y rudimentaria como la encontrada en la alfombra de Martín, y la segunda contenía el reverso del trozo de periódico. La nota era tan breve y sucinta como la mía, y casi con el mismo texto también: «Socorro. Por favor, somos esclavos. Libertad. Iqbal».

No tuve que telefonear a Álvaro, mi amigo periodista. En ninguno de los dos lados del recorte había una noticia que pudiera identificar cuándo había sido impreso, pero esta vez la suerte me ayudó un poco y no hizo falta esa noticia. El recorte era del extremo superior de una página y ésta llevaba impresa la fecha del ejemplar.

15 de febrero del año anterior.

Entre el mensaje de la alfombra de Martín y el de la alfombra de Edurne Estebaranz, existía un lapso de tiempo de siete meses.

Iqbal seguía escribiendo peticiones de socorro.

Pero los dobladillos de las alfombras podían ser tan infinitos como las aguas de los mares en las que los náufragos enviaban sus mensajes cuando yo era niño.

Iqbal le gritaba al mundo desde el espacio.

Nadie podía oírle.

Hasta este momento.

Dos años y tres meses desde la petición de ayuda de Martín. Un año y ocho meses desde la petición de ayuda de los de Bilbao. ¿Cuántas notas habría escrito Iqbal? ¿Durante cuánto tiempo? ¿Cuántas —pese a todos los imposibles—, habrían podido ser encontradas?

¿Qué hace un turista que encuentra una petición de socorro en una alfombra comprada a diez mil kilómetros de distancia, si no tiene un primo loco o militante de alguna ONG?

Me sentí bastante mal. Como cuando era niño y quería salvar al mundo. Tardé en comprender que sólo salvándome primero a mí mismo, podría ayudar a los demás. Desde entonces no estaba seguro de haber hecho gran cosa, a pesar de todo, la verdad. Hay un lema que me gusta repetir y que me parece importante, uno de los más importantes de nuestro diccionario deontológico: «Piensa globalmente. Actúa localmente». No echar una colilla al retrete no ayuda a la ecología de Filipinas, pero sí a la nuestra, y es un paso. Sin embargo, la ecología filipina debe importarme también, porque cuando uno de sus volcanes se pone chulo y llena el aire de cenizas, puede cambiar el clima de la región donde vivo.

Viajamos en una nave llamada Tierra, y muchos aún no lo saben.

Y si lo saben, no lo entienden ni se esfuerzan en hacerlo.

Me lavé y me vestí lo más rápido que pude y sin siquiera desayunar salí de casa dispuesto a empezar a mover aquello.

¿Después de todo, cómo fingir que aquellas notas no existían?

Posiblemente, en mi fuero interno ya supiera qué iba a hacer, pero lo mismo que ese volcán filipino, el magma aún estaba muy adentro y necesitaba empezar a bullir para salir al exterior.

Las preguntas eran cómo y por dónde empezar.

10

Adrián Calafat dejó sobre la mesa el fragmento de papel de periódico y las dos hojas de fax enviadas por Edurne y Gorka Estebaranz desde Bilbao. Mantuvo los ojos fijos ahí por espacio de unos segundos antes de levantarlos y fijarlos de nuevo en mí.

—¿Y bien? —preguntó inseguro.

Le había contado primero la historia. Esperaba algo más. Sobre todo después de ver, tocar y leer la prueba de que aquello no era un juego ni una broma.

—¿Qué quieres decir con «y bien»? —expresé mi extrañeza—. Está claro, ¿no?

—Parece.

—¿Entonces? —abrí mis manos en un gesto de impotencia.

—Te lo pregunté una vez, hace años —dijo él, despacio—. Y te lo vuelvo a preguntar ahora, ¿por qué, dados tus ideales, no participas de forma activa en la organización?

—¿Recuerdas lo que te dije hace años?

—Que no querías formar parte de nada, que preferías seguir yendo por libre, que simpatizabas, dabas dinero, colaborabas, pero nada más. Y también que no te veías en un bote de lona, tratando de detener un barco cargado de residuos nucleares, ni escalando una chimenea de una incineradora para protestar por la contaminación. Eso fue lo que me dijiste.

—Pues sigo pensando lo mismo.

—Y yo sigo sin entenderte.

—Adrián, es algo que... no sé —¿cómo explicárselo?—, viene de lejos. Aborrezco los uniformes, aborrezco las disciplinas, las órdenes, tener carnet de esto, aquello, militar en un partido o en...

—Oye, esto es Ayuda de Acción Directa.

—Ya lo sé.

—Y tú crees en Ayuda de Acción Directa.

—Creo en todas las ONG que trabajan de verdad.

—¡Pues haz algo más que viajar y escribirnos contando cosas que ves o denunciando situaciones conflictivas, diablos! ¡Necesitamos gente como tú!

—Ya me tenéis.

—¡Y un cuerno! —exclamó Adrián—. Ni siquiera te pido que te subas a un bote de lona o escales una chimenea, eso queda para los de Greenpeace que están en primera línea y tienen menos años. ¡Te necesitamos aquí!

—¿Para pegar sellos en las cartas pidiendo más dinero a los socios?

—¡No me vengas con chorradas, hombre!

—Vale, perdona —no quería discutir de lo eterno, sino hablar de lo concreto—. Dame tu opinión acerca de esos mensajes.

—¿Mi opinión? Ya sabes mi opinión: es estremecedor.

—¿Y?

—¿Qué quieres que hagamos nosotros?

—Mira —abordé el tema directamente—. Hace un rato, cuando los de Bilbao me han enviado la prueba de esa segunda nota, pensaba hacer lo típico, escribir un artículo y pediros que movilizarais a quien esté en la India. Pero mientras venía hacia aquí... —mis dedos se movieron, como si reflejaran la ebullición de mi sangre—. Sólo en la India y Pakistán hay mil, diez mil o cien mil casos como éste, con el *handicap* de que quizá no se sepa dónde están concretamente. ¿Quién tiene el valor de denunciar algo? Si le preguntas a un niño en qué condiciones trabaja, te dirá que está muy bien, porque depende del que le esclaviza, él le da de comer y un sitio donde dormir. Sin eso estaría peor. Pero ahora, por primera vez, tenemos una prueba, una petición desesperada de socorro, y una dirección. No es dar palos de ciego.

—Una petición formulada hace, como mínimo, veinte meses —intercaló mi amigo de AAD.

—Sigue siendo un grito de socorro. No creo que eso caduque.

—Me parece que te estoy viendo venir.

—¿Ah, sí? —no me sorprendió oírselo decir. Me conocía bien.

—Tú quieres ir allí.

—Es lo que trataba de decirte. Me parece un caso demasiado grave y sé que no voy a poder dejar de pensar en él.

—¿Sabes que cuando se mezcla lo personal con lo laboral, las cosas suelen torcerse?

—Adrián, vamos —hice un gesto de cansancio.

—¿Qué necesitarías?

—Tal vez algún contacto, tal vez un respaldo, y desde luego dinero.

—Lo sabía —suspiró él.

—No todo. Puedo ir a un par de revistas para que me compren algún artículo que escriba allí.

—Oye —echó mano de todo su cansancio para decirme aquello—. Esto es Ayuda de Acción Directa, ¿sabes? Bueno, digamos que «sucursal Barcelona» —se rió y todo de su ocurrencia—. No tenemos los medios de Londres, París o Amsterdam, y por si fuera poco, este es un país lleno de acciones que llevar a cabo, tantas que harían falta diez veces más socios y diez veces más voluntarios sólo para atender a las más necesarias. Tenemos plantas incineradoras contaminando aquí y allá, ríos que bajan saturados de espuma de norte a sur, italianos con redes de deriva matando la fauna mediterránea, problemas tan graves y tan variados que en lugar de un boletín tendríamos que disponer de un listín telefónico para denunciarlos. Háblale a uno de aquí, por solidario que sea, de un problema de la India. Te dirá, de puertas para adentro, que lo arreglen los de allí, o que para eso están los «mandamases» que diseñan las grandes campañas de alcance internacional, como lo de Mururoa.

—Ya te he dicho que quiero ir yo.

—Pero quieres dinero y eso es difícil de conseguir.

—¿Puedes hablar del tema con Madrid?

—¡Claro que puedo hablar, hombre! —protestó mi amigo—. Y te aseguro que algo haremos.

—Voy a ir por mi cuenta, así que el gasto es mínimo.

—Vale, vale —me tranquilizó—. Y no quiero que pienses que el tema me es indiferente, ¿eh?

—Eso ya lo sé, Adrián. No tienes que decírmelo.

—Es que cada día surgen más cosas, Alberto —se pasó una mano por los ojos, como si de repente le pesaran mucho—. Puede que tengas razón. Desde detrás de esta mesa uno al final acaba sintiéndose un burócrata. Tú actúas, pero yo decido, y en el fondo es muy duro.

—Te creo.

—¿Qué piensas hacer si das con ese Iqbal y descubres... qué sé yo lo que puedas descubrir?

—No lo sé —reconocí.

—¡Genial!

—Tal vez unas fotos, una entrevista con Iqbal, algo que sacuda a la opinión pública...

—¿Has pensado que si utilizas a esa persona, niño o joven, hombre o mujer, le expondrás a un peligro evidente?

—Sí.

—¿Y te arriesgarás a eso?

—Lo decidirá Iqbal.

—El tal Iqbal sólo quiere ser libre, si es que está esclavizado como dicen sus mensajes. No creo que esté en su ánimo convertirse en bandera de ninguna causa. Si vas allí querrá que le saques de su cárcel, sólo eso. Y si como pensamos tú y yo en el fondo, es un niño, porque suelen ser los que fabrican esas cosas mayoritariamente y porque a un adulto cuesta más mantenerle prisionero como un esclavo, lo tendrás peor.

—Adrián, por favor.

—No, por favor tú —me apuntó con un dedo acusador—. Olvídate de que eres periodista y tienes un reportaje.

—No hago esto por un maldito reportaje.

—Vale —concedió—, pero aun así, olvídate. Se trata de un ser humano que te ha hecho llegar un grito desesperado. Tú lo has recogido, y quieres aceptar el reto. Muy bien, hasta aquí perfecto. Pero desde este momento, y más si das con Iqbal, tienes ya una responsabilidad mayor: qué hacer con él. Ni vas a poder adoptarlo ni sacarlo de la India ni dejarlo tirado en la calle aunque le des unos dólares. Nada de decirle: «Chico, eres libre, ya puedes irte». No es así de fácil y lo sabes. Así que piénsate muy bien qué vas a hacer.

—Eres duro.

—Soy realista.

—Yo aún creo en las buenas historias. Lloro cuando veo una escena sentimental en una película.

—Sí —asintió Adrián—, y uno se queda la mar de bien después de llorar. Pero en tu vida real luego sales del cine y te vas a casa a ver lo que ocurre de verdad en el telediario. Ésa es la diferencia.

—¿Así que...?

—Nadie va a darte una medalla por esto, Alberto. Y la conciencia suele ser un pozo sin fondo que nunca queda satisfecha. De eso se trata. Y contra eso vas a tener que luchar.

Me dejó hecho polvo, pero, ¡qué diablos!, tenía razón.

Entonces dijo aquello.

—Al margen de todo este rollo, te envidio.

—¿Por qué? —quise saber.

—Porque un caso como éste sólo se da probablemente una vez en la vida, y porque me gustaría estar en tu lugar y marcharme a la India a buscar a Iqbal. Por eso, Alberto, por eso.

11

Toni Roura suele estar muy ocupado, sin embargo yo soy uno de los pocos mortales que puede llegar a sus oficinas y ser recibido sin haber concertado una cita previa. Bueno, salvo que esté reunido. Entonces tengo que esperar, como cualquiera. Por suerte, las reuniones de Toni Roura no son muy largas. Él habla y los demás asienten. Nadie se atreve a abrir la boca, y menos para discutir o protestar. Por eso sus revistas funcionan; eso es lo que cuenta. No creo en las gestiones personalistas, sin embargo...

Yo comencé con él, y de él aprendí mucho.

Aquel día no estaba reunido, pero era día de cierre de una de sus principales publicaciones mensuales. Eso significa idas y venidas, carreras, gritos, maquetas de portada y la eterna sensación de que nada es tan bueno como parecía al comienzo.

Esperé en su antedespacho viendo como Marisa, su secretaria, descolgaba el teléfono cada diez segundos bien para decir que no se le podía molestar o bien para llamar a alguien por indicación de su jefe. En los escasos dos minutos que duró la espera, entraron y salieron tres personas. Las entradas fueron sudorosas y las salidas pesarosas. Cuando me tocó el turno, la actividad seguía, pero Toni por lo menos tuvo el detalle de no dejarme fuera.

Me sentí casi como en el pasado.

—¿Qué te parece? —me enseñó un diseño de portada en cromalín.

—Yo bajaría este tono de verde para que no se confundiera con el fondo, pondría esta foto aquí, cortada por abajo, y destacaría más esta noticia. El resto me gusta.

Le hice sonreír.

—Estás en forma, ¿eh?

—No lo creas. Sólo recuerdo tus gustos.

Apareció una chica, expectante. Toni Roura le puso la portada en las manos.

—Baja el verde del titular principal, se confunde con el del fondo. La foto de arriba colócala en el ángulo inferior izquierdo cortando un poco por abajo y la noticia de P.R. destácala un poco más. Eso es todo.

Esperamos a que ella desapareciera, y entonces se echó hacia atrás en su silla para mirarme a los ojos. Parecía satisfecho. Muy satisfecho. Y eso que apenas le veía, por la nube de humo formada en su despacho. Para un no fumador como yo, estar cinco minutos con Toni Roura era arriesgarse a un cáncer de pulmón.

—¿Qué quieres venderme? —quiso saber.

—Hombre, Toni.

—Venga, Alberto, no me seas escrupuloso. Ya sabes que no quiero echarte. Tienes diez minutos antes de que me vaya a una cita, podemos pasar uno negociando lo que sea y nueve hablando de otras cosas o estar aquí los diez minutos perdiendo el tiempo.

—Voy a ir a la India.

—¿Otra vez? —no pareció muy entusiasmado.

—Necesito que me compres lo que haga allí.

—¿Y qué vas a hacer allí?

—Lo que quieras que haga.

—Tengo fotos de esos tipos que se bañan en Benarés, de cremaciones, de mujeres hermosas del Rajasthan con sus ropas de colores, de la miseria de Calcuta o Bombay y de todo lo que quieras. Tú mismo me las vendiste.

—¿Qué tal un reportaje sobre la industria del cine indio?

—¿Qué?

—Es tan importante como la de Hollywood. En la India se hacen cientos de películas al año, aunque todas sean iguales, con canciones y bailes y amores cursis, en los que ni siquiera hay besos porque en la pantalla están prohibidos.

—¿Hablas en serio?

—Sí.

Se lo pensó. Le había dicho aquello como podía haberle dicho otra cosa. Me salió así.

—¿Tú crees que eso interesará a alguien?

—Muchos actores y actrices, dada su popularidad, se presentan luego para cargos ejecutivos, alcaldes, gobernadores, presidentes estatales... Un artículo presentando a los guapos y las guapas del cine de allí quedaría cuanto menos curioso. La gente compararía.

—O sea, que quieres que te pague el viaje a la India —fue al grano.

—En parte.

—¿Para qué vas? ¿Vacaciones? ¿Tienes «mono»? ¿Alguna otra cosa?

La historia de Iqbal no encajaba en ninguna de las revistas de Toni, pero al menos tenía derecho a saber la verdad. Iba a pagarme ciento cincuenta o doscientas mil pesetas por nada. Bueno, por el reportaje del cine o por el de la doma de elefantes o el conflicto de Cachemira.

—Se trata de alguien llamado Iqbal, posiblemente un niño —comencé a decirle la verdad.

—Me gusta —me sorprendió—. Llevas demasiado tiempo fuera del negocio y está claro que últimamente no ves ninguna de mis revistas. Los niños venden. ¿Qué le sucede a ese tal... cómo has dicho que se llama?

12

Llegué a casa y me encontré a mi hija Diana llorando porque una niña del colegio le había dicho que estaba gorda. Para evitar un, más que posible, recién nacido problema de anorexia, le dije que no sólo estaba muy bien, sino que le daría cien pesetas por cada kilo que pesara y que jugaríamos a pesarla una vez al mes. Mejor eso que gastarlo después en médicos. Mi hijo Oscar ya sabía que las ventanas artificiales no eran como las de verdad y ensuciaban la pared, pero él era incansable y su última hazaña me puso los pelos aún más de punta. Como no le salía agua caliente por el grifo del baño, había estado a punto de llenar la bañera y meter el secador con ánimo de calentarla de tal guisa. Su madre ya le estaba explicando lo malo que podía haberse puesto en caso de consumar la unión del agua con la electricidad.

Mis hijos eran un verdadero pozo de sorpresas, y una fuente, mejor dicho, un manantial inagotable de emociones.

Hasta que ellos no se acostaron, no pude hablar con Estrella.

—¿Dónde has ido? —me preguntó.

—Primero, a las oficinas de AAD. Después, a ver a Toni.

—¿Qué tal Toni?

—Gordo, rodeado de humo, tan temible como siempre, lince como nunca y... generoso.

—Siempre te ha querido mucho.

—Lo sé.

—Cuéntamelo por partes —se arrellanó en su lado favorito del sofá, con las piernas dobladas bajo el trasero mostrándome su envidiable flexibilidad.

Lo hice. Primero le enseñé el fax con el recorte de periódico aparecido en la alfombra de Bilbao. No se sorprendió por la aparición de una segunda nota, pero sí por el lapso de tiempo transcurrido entre las dos. La dimensión de la tragedia aumentaba con ello. Después le hablé de mi larga conversación con Adrián Calafat en las oficinas de AAD y de mi breve conversación con Toni Roura en las de su «torre de marfil» empresarial. Le ahorré los detalles del seudosermón de Adrián, y me explayé más en la buena nueva de la oferta de Toni.

—¿Vas a venderle el reportaje?

—No tengo más remedio si quiero financiación para el viaje. Ahora no estamos lo que se dice muy boyantes.

—Pero Toni le dará un tratamiento poco ortodoxo, ya le conoces.

—Puedes decir la palabra «comercial» sin manías —la corregí—. Pero ya hemos hablado de eso. Lo escribiré a mi modo y lo publicará con rigor.

—¿Estás seguro de lo que haces?

—Estrella, lo de menos es quién publique la historia. Lo de más es que pueda ir allá y ver si aún existe esa historia. Y si existe... sacarla a la luz. Ya sabes que no hago esto por lucro personal.

—No tienes que decírmelo —me tranquilizó.

—Siempre hemos creído en una serie de cosas, y nos prometimos que los años no nos matarían las ilusiones, ni las ganas de seguir vivos.

—Lo sé —asintió con la cabeza.

—Entonces, ¿qué otra cosa queda por hacer?

—Supongo que ninguna.

—¿Qué te pasa? —me interesé por su seriedad.

—No lo sé —dijo sinceramente, aunque vi el asomo de su inquietud y un algo fantasmal llamado miedo invadiendo sus pupilas—. Puede que sea la sordidez de lo que hay detrás de esa llamada de socorro.

—¿Sordidez o... riesgos?

—Las dos cosas.

—¿Crees que puede ser peligroso?

Nunca es agradable poner el dedo en la llaga.

—Sí, supongo que es eso —concedió mi esposa.

—No soy ningún héroe.

—¿Por qué crees que te lo digo? —insistió—. Siempre que hay niños de por medio, suelen haber muchos trapos sucios, gente sin escrúpulos, mafias y personas que no se andan por las ramas. ¿Crees que podrás llegar, preguntar por Iqbal, hablar con él o con ella y luego salir como si tal cosa?

—No lo sé —reconocí.

—¿Y si haces ese viaje en vano?

—¿Desde cuando nos hemos planteado las cosas antes de que ocurran?

—Oh, sí, tú y tu dichoso instinto. Dejarse llevar.

—Dejarse llevar —corroboré.

—Esto es distinto, Alberto.

—¿Quieres que lo olvide?

—No —fue terminante—. Quiero que me prometas que tendrás cuidado.

—Lo tendré.

—Te parecerá egoísta, pero tengo dos hijos que quiero que crezcan con un padre. Bastante me ha costado tener que adaptarme a ti como para empezar a buscar otro a estas alturas.

—¡Oh, gracias! —le sonreí.

—Ven —me abrió sus brazos, y por supuesto que no desaproveché la oportunidad. Me levanté y me senté a su lado en el sofá.

El beso fue largo, cálido, lleno de intenciones.

—Te quiero —me dijo cuando nos separamos.

—Y yo a ti.

—¿Cuándo te vas?

—Cuando arregle lo del visado con la embajada india.

—Entonces ya puedes empezar a tomarte las pastillas contra la malaria —me advirtió.

—¡Oh, no!

—¡Oh, sí!

Viajar no siempre es un placer.

13

Salí de Barcelona rumbo a la India dos semanas después de ese día. En el aeropuerto, una vez facturada mi única maleta con destino a Bombay, me quedé mirando a Estrella, a Diana y a Oscar como si en lugar de embarcarme en uno de mis viajes profesionales, me fuera a la guerra. Fue una sensación extraña. Lo noté también en el abrazo de mi mujer, y en su beso. Oh, Dios, habíamos hecho el amor la noche pasada, pero ese beso fue auténticamente explícito. Diana nos lo hizo notar.

—¿Pero qué hacéis? Todo el mundo os mira.

¿Por qué las hijas de diez años se avergüenzan de sus padres, de si mamá toma el sol sin la parte de arriba del biquini o de si papá se desmelena en la salita oyendo un viejo disco de los Creedence?

—Cállate, retrógrada —le dije con la comisura de los labios ya que el resto lo tenía ocupado.

—Si lo sé no vengo —continuó en sus trece.

Inútil decirle que nadie nos miraba, que en un aeropuerto nadie mira a nadie porque todo el mundo va y viene, y los que no van ni vienen, se despiden o reciben a alguien con besos.

Me arrodillé entre los dos y les tocó su turno.

Un beso para ella. Un beso para él.

—¿Qué nos traerás?

—No lo sé, hijo. En la India no hay gran cosa.

—Un escarabajo sagrado —me propuso.

Había visto la tarde anterior una película de faraones egipcios, claro.

—Estaré de vuelta en unos días. Portaos bien.

—Haznos una foto —me propuso Oscar.

Diana arrugó la cara. También estaba en la edad de no querer fotos. ¿Cuántas edades tienen antes de perder su maravillosa, aunque en ocasiones insoportable, inocencia? Saqué la cámara de mi bolsa de mano y les inmortalicé allí mismo. Cuando la guardé ya no hubo tiempo para más. Odio las despedidas en aeropuertos y demás. Y lo mismo Estrella.

Volví a abrazarles. Volví a besar a mi mujer.

—Ten cuidado —fue lo último que oí en forma de susurro en mi oído.

Después entré en la zona internacional. Mientras subía por las escaleras automáticas, levanté la mano una vez. Sólo una vez. Mis hijos sonreían, con toda su sana intensidad. Dos niños como otros. Dos niños con la pequeña fortuna en su destino de haber nacido en un país occidental, en tiempo de paz, con un futuro abierto ante así.

Al quedarme solo me sentí bastante abrumado.

Y deseé estar de vuelta.

Y deseé no haber encontrado jamás aquellos mensajes.

Luego me sentí culpable por ello.

Menos de una hora después salía en el puente aéreo rumbo a Madrid, para tomar allí el vuelo de Air India con destino a Bombay y escala en Abu Dabi.

Segunda parte

Consecuencias

14

Bombay y Calcuta son las dos ciudades más duras de la India, pero debe entenderse su realidad, no acudir al rechazo fácil ni a la autocomplacencia de considerarlas «otro mundo» y ya está. El país se halla tan reflejado en ellas como en Benarés, Agra o Madrás. Todo es la India, un subcontinente de mil millones de almas con unas quince lenguas reconocidas y alrededor de setecientos cincuenta a ochocientos dialectos. El cinturón de pobreza de Ciudad de México, o el de Caracas, o las favelas de Río de Janeiro, son parte de esa misma realidad: un mundo atrapado dentro de otro mundo. El abismo cada vez más fuerte entre la riqueza de unos pocos y la pobreza de unos muchos, entre el bienestar occidental y la miseria del Tercer Mundo.

Lo primero que se ve al aterrizar en Bombay, es que las chabolas —de hecho ni llegan a eso, porque son simples cartones colocados de forma que habiliten un espacio en su interior de menos de un par de metros—, llegan hasta las mismas pistas del aeropuerto. Y hay miles.

Una especie de bosque de cartones oscuros diseminados, como una plantación de almas, un cementerio de vivos. Después, yendo del aeropuerto al centro, pasas por un campo de golf en el cual los socios —preferentemente todavía, ingleses—, juegan separados por un seto al otro lado del cual se extiende otra fila de construcciones de cartón. Calcuta es parecida. Allí hay más miseria. No es de extrañar que la Madre Teresa se hubiera instalado en esa ciudad.

El viajero occidental no avezado, comienza a pasarlo mal ahí mismo. El experimentado, sabe que ésa es la India perpetua, la misma que Gandhi supo convertir en una nación con alma. Es imposible querer cambiar el mundo, y más desde nuestro prisma occidental. Los conquistadores españoles se sorprendían de las costumbres de los indios americanos, desde la desnudez hasta sus ritos incomprensibles. Y quisieron «educarlos». Con ello mataron su identidad. La India sobrevive porque es única. Ni los ingleses —que ya es decir—, pudieron con ella.

Iba a pasar exactamente un par de días en Bombay haciendo, finalmente, un reportaje sobre la industria del cine del país. Toni Roura lo quería como complemento a la historia de Iqbal. Eso me daba también un mayor margen de operatividad económica. Me hospedé en el mejor hotel, el Taj Mahal, frente a la Puerta de la India, el monumento por debajo del cual tenían que pasar todos los gobernantes ingleses de visita en el país cuando éste les pertenecía. El Taj es un palacio, aunque de hecho todos los hoteles, hasta los más sencillos, son guetos turísticos de lujo. En sus mismas puertas, en forma de vendedores, mendigos o taxistas, comienza el mundo real. Tal vez lo de alojarme en el «mejor hotel» cuando iba a lo «Séptimo de Caballería» dispuesto al rescate de Dios sabía qué, pueda parecer un contrasentido. Pero no lo es. Descansado, con el estómago lleno, con las facultades al máximo, se piensa y se trabaja mejor. Quien diga lo contrario es aún más romántico que yo.

Lo que hice aquellos dos días, no cuenta. Es otra historia. Me recuperé del cambio de horario, comencé con los picantes gradualmente aunque pillé la misma diarrea de siempre, visité un par de estudios de cine de Bombay, asistí al rodaje de una escena de una película musical y sentimental, es decir, típicamente india, y hablé con un productor, un actor y dos actrices. Como nadie conoce el cine indio, tanto daban unos como otros. Fui profesional, pero lo justo. Reuní un material mínimo para preparar un reportaje, hice media docena de carretes fotográficos, y hasta revelé la foto que les había hecho a mi mujer y a mis hijos en el aeropuerto. Su imagen me acompañó después. Y me ayudó. La miré muchas veces y era como si Diana y Oscar me dieran ánimos. Hablar de niños, y pensar en tus hijos, de la misma edad, pero en las antípodas de lo que es ser niño y pobre en países como la India, forma parte de una especie de equilibrio, difícil de explicar, porque no se trata de alegrarte de que los tuyos estén bien, sino de que ellos te empujan a la lucha. Es algo cauterizador en grado extremo. Hay un bien, un mal, un *ying* y un *yang*. Los dos se complementan. Tal vez si yo no hubiera tenido hijos, no habría hecho todo aquello, ¿me explico? En fin, no son más que divagaciones, y no muy precisas. Hablo de un estado de ánimo y de aquello que nos empuja a hacer las cosas, por extrañas que parezcan.

Nunca mi mente soportó tantas contradicciones como en el breve lapso de tiempo que duró todo. Porque ahora lo recuerdo casi como un sueño, un flash, un abismo salvado por la misma rapidez de los acontecimientos.

Abandoné el Taj Mahal Hotel una mañana después de un último baño en su maravillosa piscina, y volví al aeropuerto. Mi vuelo de Air India con destino a Madurai salía a las 12.15, que finalmente fueron las 13.50. De lo más normal. Mientras me acercaba a mi destino, al final de la larga distancia que había separado la voz de Iqbal de mi respuesta, el vértigo creció, y con él otras sensaciones. Impotencia, miedo, inseguridad... Recordaba las palabras de Adrián Calafat.

El compromiso.

Madurai, capital del estado de Tamil Nadu, en el centro del cono sur de la India, me recibió con mucho calor.

15

Ya había estado allí, en la ciudad, y me dio por pensar en la vez anterior. A lo mejor, la tienda de alfombras que ahora buscaba, era la misma en la que entré entonces, no para comprar nada, pero sí para acompañar a los que venían conmigo. Ni siquiera me habría sorprendido que fuera así.

El Taj de Madurai, Taj Garden para ser precisos, no se parece en nada al de Bombay. Es más pequeño, más discreto y está a unos seis kilómetros del centro. También los precios son distintos: un tercio de lo que cuesta una habitación en el Taj de Bombay. Ni siquiera perdí el tiempo duchándome, aunque me hubiera venido bien hacerlo. Dejé la maleta y la bolsa, cargué sólo con las cámaras, y salí de nuevo para buscar un *rickshaw*, los característicos triciclos, a pedales o motor, que son los auténticos taxis de la India. Sus conductores van a una velocidad de vértigo para lo que es el vehículo, lo cual resulta peligroso pero excitante dado que el caos de tráfico es absoluto. Al asomarme por la puerta me asaltaron media docena de candidatos, discutiendo entre sí sobre quién tenía derecho a llevarme. Negocié el viaje con uno y eso fue todo.

Apenas una hora después de haber aterrizado en Madurai mi triciclo a pedales se detenía frente a la tienda, que no era sino un edificio de tres plantas, enteramente ocupado por ella. El conductor del *rickshaw* quería esperarme. Es lo normal. Un viaje seguro es mucho más importante que el tiempo de espera, aunque fuera mucho lo que yo pudiera tardar. Me costó convencerle de que se marchara. Lo primero que hice, por precaución, por si después no podía, fue fotografiar la fachada y con más detalle el rótulo y los anuncios que lo flanqueaban. El rótulo era simple: *Pankaj Shah*. Debajo y a ambos lados, la oferta de cuanto podía encontrar en el interior. A la derecha: *High Class Oriental Carpets - Old quality, 100% Handicrafts - Gifts - Retail & Wholesale - Fine arts.* A la izquierda: *Silk and Woollen Carpets - Walnut Wood Carvings - Crewell Upholstery Material - Pashmina and Rattal Shawls - Embroidered Phirans*. Es decir, Pankaj Shah tenía de todo y más.

Pude comprobarlo. La planta baja era un inmenso bazar con lo más típico y característico del arte indio: cajas, tallas, trabajos en madera de sándalo y ébano... un largo etcétera para el turista más dedicado al consumo. Me asaltaron dos empleados, que con sólo verme ya sabían que era español, demostrando su buen arte comercial, y se ofrecieron para guiarme. Les dije que sólo estaba mirando. No por ello me dejaron. Dada la hora, estaba solo en la tienda. Pensé que me había precipitado. Mejor esperar a un grupo turístico para camuflarme entre ellos. En cuanto ponía el ojo en un objeto, por raro o pequeño que fuera, alguien lo sacaba del estante y me lo colocaba en el mostrador o me lo exhibía persistentemente acompañado de un rosario verbal de cualidades que lo hacían maravilloso.

Yo me preguntaba cómo no oían los latidos de mi corazón.

Estaba allí, en la tienda de la que habían partido los mensajes de Iqbal, y con él posiblemente muy cerca.

Las alfombras ocupaban las dos plantas superiores. Y las había a cientos, unas expuestas en su magnificente esplendor, colgadas de las paredes o en el suelo, y otras enrolladas y apiladas. Podían tener cinco o diez años o estar recién hechas, pero no se notaba diferencia alguna. Ignoraba también si Pankaj Shah se dedicaba sólo a la venta puntual en Madurai o si tenían un negocio de exportación. En el segundo piso estaba también la habitual sala para reunir a los grupos de turistas, ofrecerles un refresco y mostrarles las alfombras. Los turistas se sentaban en unos bancos de piedra con cojines que flanqueaban el espacio central. Conocía el procedimiento.

Miré aquellas alfombras. Miré sus dobladillos sin acercarme. Me habría gustado empezar a buscar más mensajes, pero otros dos vendedores me seguían de cerca, dispuestos a no dejarme escapar, atentos a mis gestos para, rápidamente, mostrarme aquello que hubiese visto o tocado. Además, si por un azar encontraba otro papel arrugado y metido en un dobladillo, ¿qué haría?

¿Y era posible que aquella gente, que se pasaba el día desplegando y enrollando alfombras ante los turistas, no hubiese encontrado uno de los mensajes de Iqbal?

¡Cuánta desesperación había en aquellas notas, necesariamente ocultas para no ser descubiertas y por ello condenadas a la oscuridad eterna!

¡Ah, Martín, Martín!

Ningún autocar había escupido su carga de turistas en la tienda, por lo que no tuve más remedio que actuar por mi cuenta. Si seguía allí sin pedir nada ni mostrar mayor interés por algo, luego las dificultades serían mayores. Así que levanté una mano.

—¿Señor? —acudió rápidamente uno de los vendedores.

—Me gustaría ver algunas alfombras, no muy grandes, pequeñas.

Mi inglés es bueno, siempre lo ha sido. La conversación arrancó con fluidez, aunque el vendedor se empeñó en mostrarme sus habilidades con el español.

—¿Barcelona, Madrid?

Sabía el resto. Si decía Barcelona gritaban «*¡Visssca el Barsssa!*». Si decía Madrid jaleaban un «¡Hala Madrid!». Para la mayoría de indios no hay más que dos ciudades en España.

—Ponferrada —dije yo sólo por incordiar.

Se abstuvo de exclamar «¡*Visssca* Ponferrada!». Tal vez fue mi cara, taciturna, expectante. No paraba de preguntarme a mí mismo: «¿Y ahora qué? Ya estás aquí, ¿y ahora qué?».

Las primeras alfombras fueron desplegadas ante mis ojos.

—¿Té, un refresco, señor?

16

Eran extraordinarias. Como la de Martín y Bernarda, cierto, pero allí, viéndolas todas juntas y tantas, la belleza de sus dibujos se hacía aún más manifiesta. Ello y su suavidad. Occidente cautivado por el embrujo de Oriente. El vendedor me alababa sus virtudes, y me repetía que no me preocupara del precio, que me haría un buen descuento. Y más si me llevaba dos, o una grande. Tuve que hacer un gran esfuerzo de voluntad para concentrarme y empezar a actuar.

—¿Están hechas a mano?

—Oh, sí, sí señor, desde luego. Una alfombra no es buena alfombra si no está hecha a mano. Nosotros tenemos gran artesanía. Nosotros casa más antigua de Madurai. Vendemos a todo el mundo. Presidente de Estados Unidos tiene una alfombra nuestra en Casa Blanca.

Ni eran los más antiguos, ni vendían a todo el mundo, ni mucho menos el presidente de los Estados Unidos tenía una alfombra suya en la Casa Blanca, pero sonaba bien. Los comerciantes indios son como lapas, su oratoria es famosa, su persistencia aplastante, sus caras a la hora de regatear, infinitas.

—Es posible que haga una buena compra, no una ni dos alfombras, sino una docena o más —le dije.

Eran palabras mayores. Le hizo una seña al otro dependiente de la planta. Éste desapareció en un abrir y cerrar de ojos. En menos de un minuto ya tenía allí al encargado o por lo menos al que mandaba en todo aquel tinglado en ese momento. Su inglés era mucho más correcto.

—¿El señor está interesado en un número determinado de alfombras?

—Podría ser —comencé a actuar con distancia, casi con dureza, y por supuesto con superioridad. El que compra, cuanto más compra, más debe ejercer de comprador, es decir, de «ordeno y mando»—. Sus alfombras son hermosas.

—No las encontrará mejores en Madurai.

—Bueno, he visto algunas.

—No como éstas —me insistió—. Toque, vea qué suavidad. Y estos dibujos, estos colores...

Era un indio como hay tantos otros, especialmente en las tiendas y bazares. Alto, cabello negro, ojos profundos, bigote poblado, piel oscura, vestido a la occidental. Nada que ver con la gente de la calle. Una raza casi especial.

Sobre todo si tenían niños trabajando, no ya por un sueldo ínfimo, sino en régimen totalitario, en estado de esclavitud.

—¿Qué precio? —abordé el punto clave de toda aquella comedia que más me interesaba.

—¿Dólares?

—Sí.

—¿Efectivo?

—Sí.

Eso le animó aún más. Las tarjetas tenían comisiones. El efectivo era directo. Me dio un precio por una alfombra pequeña, otro por una mediana y otro por una grande. Luego los redondeó. Ofertó una docena de cada y efectuó un segundo redondeo. Finalmente me miró y esperó. Me vio cara de estar haciendo cálculos y ya no esperó más. El siguiente paso era pasarme el papel y el bolígrafo para que yo pusiera mi precio. Fue lo que hizo.

Tras eso, yo tenía que poner un precio muy bajo y comenzaba el tira y afloja.

Lo odio.

—Antes de comenzar a hablar de eso, me gustaría estar seguro de que están hechas a mano.

Ni se ofendió ni mostró extrañeza.

—¿Quiere ver nuestro taller?

—¿Sería posible?

—Ningún problema, señor. Será un placer mostrárselo. Si me permite...

Se apartó de mi lado. Tal vez le dijo al otro que preparase el taller debidamente o que advirtiera a los «trabajadores» de que no hablaran o simplemente de que se pusieran manos a la obra si, por alguna razón, no estaban en ese momento dedicados a confeccionar las alfombras. El caso es que no nos movimos de allí inmediatamente.

—¿En qué hotel se hospeda?

—En el Madurai Ashok —le mentí.

Mi crédito no pareció menguar demasiado.

—¿Muchos días aquí?

—En Madurai dos o tres, según las compras que lleve a cabo. Después iré a Delhi.

—¿Viaje de negocios, pues?

—Placer y negocios, y un poco de turismo. Éste es un país muy bello.

—Lo es, señor.

Reapareció el otro vendedor, acompañado de un segundo. Le hizo una seña al que estaba hablando conmigo. El diálogo se abortó de inmediato.

—Si quiere acompañarme.

Me precedió, y le seguí volviendo a escuchar con demasiada fuerza los latidos de mi corazón. Por si aún me quedaban dudas acerca del hecho de que no fuera ningún héroe, ésa era la prueba. Todo mi valor, o mi romanticismo, tan sublimemente enaltecido en España, se me estaba yendo al garete. Si aquella gente intuía, aunque fuera remotamente, lo que estaba haciendo allí, a lo mejor me hacían desaparecer sin dejar rastro. ¿O no? ¿Sucedía eso en la vida real?

¿Por qué no? Si había esclavos a las puertas del siglo XXI...

Bajamos al primer piso del edificio, pero no nos detuvimos allí. Bajamos uno más, hasta llegar a un sótano oscuro pese a la presencia de una solitaria bombilla eléctrica colgada del techo. Allí había una puerta. El que estaba negociando conmigo se encargó de abrirla. Los otros dos iban cerrando la comitiva. Al otro lado de la puerta vi un patio pequeño, a cielo abierto, y otras tres puertas, dos a un lado y la tercera enfrente. Nos dirigimos a esta última sin detenernos.

Y cuando la abrió, penetré por primera vez en el mundo que había ido a conocer.

Un mundo al que Occidente da la espalda mientras camina por encima de las alfombras que son su resultado.

17

En la vida hay muchas cosas capaces de golpearte, física o anímicamente. Y los golpes, por lo general, suelen ser directos, repentinos, fuertes. Te dejan sin aliento o sin capacidad de respuesta. Te hacen papilla, te desmontan tu propia historia, te dejan literalmente hecho un asco.

Yo ni tan siquiera sé cómo me sentí con aquel choque brutal.

En el taller de Pankaj Shah trabajaban nueve niños, exactamente seis niños y tres niñas. Calculé que el mayor o la mayor tendría unos doce o trece años, aunque era difícil precisar la edad. El más pequeño no bajaría de los siete. Las alfombras podían ser bellas, pero el espectáculo no, y ellos, los «artistas», pese a su infantil ternura, despertaban algo más que compasión. Una mezcla de horror y sentimiento de desánimo para empezar. Sí, las alfombras eran muy bellas, pero los niños iban muy sucios y estaban muy delgados. Cierto que en la India no suelen verse personas obesas, pero aquellas criaturas no estaban delgadas por eso. Estaba claro que había otras causas.

Casi me pareció una burla.

—¿Estos nueve «operarios» hacen todas sus alfombras?

—No, no señor —me dijo el hombre de la tienda—. Tenemos una fábrica, con más personal, para satisfacer la demanda, pero ésta es nuestra escuela, y esos niños son nuestros mejores artesanos, puede creerlo. Fíjese en este trabajo.

Cogió la alfombra que estaba trenzando una niña de unos nueve o diez años. El trabajo era preciosista, los nudos, muy pequeños. Le miré las manos a ella. También sus dedos eran muy pequeños, y estaban llenos de cicatrices, sin apenas uñas. Luego, sin poderlo evitar, porque eran como un pozo sin fondo, me asomé a sus ojos y caí en ellos. Ni Diana, en sus mayores momentos de desafío, me había mirado jamás así. Y ni siquiera puedo explicar con palabras esa mirada. Soy incapaz. Para Pankaj Shah, sin embargo, sus infantiles «operarios» eran la prueba que necesitaban los clientes reacios como yo. La prueba de que las alfombras estaban hechas a mano. En efecto, tal vez tuviera otra «fábrica», pero en aquel taller lo más seguro es que estuvieran los niños que Iqbal había definido como «esclavos».

—Estos niños deben de ser una gran ayuda para sus padres —le dije devolviéndole la alfombra.

—Desde luego. Algunos ganan más que ellos. Son muy especiales.

—Y tan pequeños —señalé al menor.

—Nuestro arte se manifiesta a muy temprana edad y da lugar a generaciones y generaciones de verdaderos artistas. De ahí la fama de nuestras alfombras.

Los nueve niños y niñas trabajaban en sus alfombras con los ojos fijos, febriles, sin apenas levantarlos de sus manos. Estaban rodeados de hilos, lanas de colores, y aunque había varias mesas, todos estaban sentados en el suelo. La luz allí sí era manifiesta, pero no exterior, sino interior, procedía de varios fluorescentes. La única ventana era más bien un ventanuco, justo en la pared opuesta a la que ocupaba la puerta por la que habíamos entrado. Debía de medir cincuenta centímetros de alto por cuarenta de ancho y estaba enrejada con un grueso alambre que formaba una retícula romboidal. Era toda la ventilación existente, así que allí dentro el calor se manifestaba con notable poder. No había rastros de un simple refresco para matar la sed ni de nada parecido a una revista, un ventilador o... qué sé yo.

Deseé pronunciar aquel nombre.

Iqbal.

Pero lo mantuve oculto en mi mente.

—¿Cuánto tarda en hacerse una alfombra pequeña, por ejemplo?

—El tiempo no cuenta, señor —me dijo muy serio el hombre—. ¿Qué son unas semanas, unos meses, cuando estamos hablando de algo tan exquisito como una de estas alfombras? Su belleza va a perdurar durante años, durante siglos. ¿Cuánto tardaron nuestros antepasados en construir nuestros grandes templos? ¿Se imagina la India hoy en día sin ellos?

¿Se acuerda alguien de quiénes los levantaron, piedra a piedra, o los tallaron, imagen a imagen?

La historia es ciega, sorda y muda. Nos lega sólo un presente cargado de evocaciones.

Y se come las injusticias.

—Venga por aquí, señor.

Quería irme, pero también quería quedarme. Aunque no me mirasen, sentía los ojos de aquellos nueve pequeños. No creo que Estrella los llamase «enanos». El vendedor me mostró la técnica, las formas de los nudos, la calidad de los materiales. Habló y habló vendiéndome el producto con buena maña. No era la primera vez que bajaba a alguien hasta allí. Yo fingía oírle pero, mientras, deslizaba rápidas miradas aquí y allá. Al ventanuco, a la puerta, al patio abierto tras ella. En un intento desesperado y absurdo, me acerqué al que parecía ser el mayor de todos, una niña. Le puse la mano en la cabeza, paternal.

—Hola, ¿cómo te llamas?

Me miró, algo asustada, y luego miró al hombre, que sonreía con algo parecido a la severa bondad.

—¿No hablas inglés? —insistí.

—Vamos, contesta —la apremió el encargado o dueño de la tienda.

—Narayan —acabó respondiendo ella.

No podía repetirlo, así que no lo hice. Iqbal podía ser uno o una de los otros ocho. Bueno, tal vez uno de los más pequeños no.

Ya no podía quedarme más.

—Ha sido muy interesante —asentí con la cabeza—. Gracias.

—Para nosotros, un placer. Le aseguro que ninguna de nuestras alfombras está hecha por una máquina. Todas tienen corazón.

—¿Y sangre?

—¿Cómo dice?

—No, nada. Un viejo proverbio.

—¡Ah!

Salimos del «taller». Primero él y yo, después los otros dos. Me fijé en la puerta. Ninguna cerradura. Ningún candado. Cruzamos el patio, traspasamos la puerta que enlazaba con el sótano y subimos por la escalera hasta el primer piso. Deseaba irme de una vez, pero no podía hacerlo sin antes hablar un poco más de dinero, concretar un posible precio para mi siguiente visita.

No fue fácil. Saben vender y comerciar. Querían que adelantara algo, que dijera un número, que señalara un precio, que...

Le dije que volvería al día siguiente, presumiblemente por la tarde y, tras llevarme su tarjeta, me despedí. Fueron amables, pero para ellos, lo que sucediera mañana era algo lejano, así que persistió en sus ojos la duda acerca de quién diablos podía ser yo y si realmente les había estado tanteando con vistas a efectuar una compra.

Cuando salí fuera no me detuve. El conductor del *rickshaw* seguía esperándome, por si había cambiado de idea, persistente. Eché a andar como cualquier turista, guiado por las torres del templo que se divisaban desde cualquier parte del centro de la ciudad.

18

Las piernas no se me doblaron hasta que me encontré fuera del alcance visual de la tienda. No estaba seguro de lo que había visto, pero sí de lo que había sentido. Si aquel «taller» era o parecía una cárcel... era algo que no estaba en condiciones de jurar. Pero lo que flotaba allí, y las miradas de aquellos niños tanto como la forma en que trabajaban o las condiciones de ese trabajo...

Necesitaba pensar, caminar, y ya que no soplaba ni una pizca de aire fresco para, además, aliviarme el calor o la angustia, me dirigí al templo, atravesando las calles atiborradas de gentes y puestos de venta ambulante que lo rodeaban.

El templo de Meenakshi es uno de los más grandes y más especiales de toda la India, y no sólo por esa estatua de Kali cubierta de bolitas de manteca o por ese ceremonial nocturno en el que los monjes trasladan a Shiva para que pernocte con Parvati. Lo es por su entorno, su belleza interior y su gigantismo. Tiene cuatro puertas, cada una con un alto *gopuram*. Los *gopurams* son torres piramidales, de base rectangular que va estrechándose a medida que ganan altura. Para un español, y en sentido estrictamente visual, dado su abigarramiento, es lo más parecido a una falla valenciana, especialmente si están recién restaurados o pintados. En cada piso hay escenas y estatuas características con los dioses de la amplia gama de divinidades hindúes. Hay *gopurams* de sesenta o setenta metros. Los de las puertas del templo de Meenakshi son de los más altos.

Entré en el templo, en parte por el frescor interior, por la sensación de paz y recogimiento, por ser lo único capaz de permitirme un largo paseo sin agobios. No recordaba el camino, pero de igual forma llegué frente a la estatua de Kali y el olor despertó mis recuerdos. El vendedor de bolitas de manteca era un hombre enteco, apenas piel y huesos, anciano. Algo que nunca he sabido es diferenciar las castas, aunque los brahmanes suelen ser más identificables al cuidar de los templos y evidenciar su poder por la forma de andar, moverse o hablar. El resto... ¿cómo separar hoy en día al *chatriya* o guerrero del *vaishya* o comerciante, el *sudra* o campesino, también artesano, del paria o intocable?

Mis dos días en Bombay habían sido puro trabajo y reencuentro. Ahora empezaba a ser distinto. La India que más amaba estaba allí, entre aquellos muros de Meenakshi. Pero lo que me había traído hasta Madurai ya no era ese reclamo hechizante y colorista, y aunque yo no sea creyente, también espiritual. Lo que me había traído estaba a unos pocos metros, en un sótano.

Si uno de aquellos niños que había visto era Iqbal, todo encajaría.

No recuerdo el tiempo que pasé en Meenakshi. Hubiera tenido que memorizar más los detalles, y no lo hice, lo siento. Mi tormenta interior era muy fuerte. Sólo sé que cayó la noche con su manto de paz y que yo seguía allí, luchando, deambulando perdido, con la cabeza vuelta del revés, entre fieles peregrinos, cuidadores, vendedores, sacerdotes, turistas indios y turistas extranjeros, cargados con filmadoras de vídeo o con cámaras, como yo. Había españoles. Siempre hay españoles en todas partes. Y se nos nota. Gritamos más que nadie —junto con los italianos—, y también nos reímos más que nadie. Ni el cansancio puede con nosotros, y la India no sólo cansa, agota.

No quería volver al hotel, y no volví.

Antes de salir de Meenakshi me fijé en una mujer muy anciana que lucía un luminoso sari verde que había conocido tiempos mejores. Su rostro reflejaba una gran bondad. Era un rostro bendecido por el aura de lo eterno. Con sus manos unidas, rezaba a Shiva. De la misma forma que una vez había visto a miles de fieles rezando en una gran fiesta hindú, en el Fuerte Amber de Jaipur, la espiritualidad de esa mujer me alcanzó de lleno. No importa que sea sólo un fiel, no puedes permanecer ajeno a su intensidad. Siempre he creído que estamos tan solos los que vivimos y navegamos en la nave Tierra, que por ese motivo nos hemos inventado a los dioses. Necesidad. Pensar en el antes y el después de la vida es demasiado angustioso. Pero la India es, con el Tíbet, el país donde los sentimientos religiosos son más intensos.

Salí dispuesto a hacer lo que pensaba que debía ser mi siguiente paso, el de la confirmación, y por supuesto el primero en el que empezaría a jugarme el pellejo. Creo que me dio alas la energía de aquella anciana. Creo. No estoy seguro de nada. Me guiaba mi instinto y seguía mis impulsos, eso es todo.

Tal y como esperaba, la tienda de alfombras ya había cerrado y no se veía ninguna luz en su interior.

19

Primero estudié la fachada oscura, desde la otra acera. La mayoría de casas indias dan impresión de ruina, pero ése es otro error occidental, basta con ver las enormes antenas parabólicas de sus terrados. Observé que las dos casas que flanqueaban el edificio de las alfombras estaban habitadas. De hecho, ni siquiera sabía si lo estaba el edificio. ¿Y si alguien vivía allí? ¿Y si un guardián custodiaba a los niños?

¿Y si se llevaban a los niños a dormir a otra parte?

Todas eran preguntas en las que se daba por supuesto que aquellos niños eran prisioneros del dueño. Todas.

Pero algo seguía diciéndome que aquélla era la única verdad.

Eché a andar hacia la izquierda, que era el lado por el cual se llegaba antes a una esquina. Como la tienda daba a una calle principal, era probable que por detrás las condiciones de acceso fueran más favorables, que hubiera casas deshabitadas o... Y no me equivoqué. Ni siquiera tuve que llegar a la calle paralela. En la perpendicular, a unos veinticinco metros de la esquina, se abría uno de esos clásicos callejones indios, estrechos, llenos de porquería, bolsas de basura por recoger, desperdicios, cajas de embalaje y un largo etcétera. Caminé con miedo. La India no es un país de delincuencia, pero siempre puede sorprenderte alguien. El silencio me hizo avanzar con mayor precaución.

No me costó trabajo reconocer la parte trasera del edificio. Las dos casas que tenía a cada lado ostentaban sendas parabólicas, así que lo identifiqué fácilmente. A partir de ahí, ya no podía hacer otra cosa que llenarme de valor y cometer el primero de mis delitos.

Las cámaras eran una molestia, pero no tenía más remedio que cargar con ellas. Cerré la bolsa y me la puse en bandolera, para tener las manos libres. A continuación, apilé junto al pequeño muro algunas cajas y subí por ellas hasta coronarlo. Me senté encima, miré a mi alrededor para asegurarme de que nadie me observaba, y me dejé caer al otro lado. Llevaba una pequeña linterna negra, cilíndrica, como un bolígrafo grande, pero de momento no me hizo falta. La claridad de la luna me ayudó a identificar el entorno.

Incluido el ventanuco del taller.

Estaba en el patio trasero del edificio de Pankaj Shah.

También allí había cajas de embalaje y no tuve más que coger dos y arrastrarlas hasta situarlas debajo del ventanuco. Lo primero que hice al llegar a su altura fue asegurarme de su solidez. Estaba muy bien sujeto, así que si en algún momento pensé en arrancar la reja, comprendí que eso sería difícil. Luego saqué la linterna e iluminé el interior.

La prueba final estaba allí.

Y al confirmarlo, reconozco que se me paralizó el corazón, a pesar de que yo lo oía batir con toda la fuerza de su loca intensidad. La sangre se convirtió en un frío río que me hizo estremecer.

Los nueve niños y niñas dormían en el ángulo más alejado, juntos, en un revuelto montón y, por supuesto, en el suelo. El más pequeño lo hacía en los brazos protectores de aquella niña con la que yo había hablado, la mayor. Dormidos, daban una infinita sensación de paz. Pero su realidad, el entorno, el peso de mi propia conciencia, disparaba la guerra de mis sentidos.

—¡Eh! —llamé.

No se movieron. Dirigí mi haz luminoso directamente a los ojos cerrados de la niña. Narayan. Lo encendí y apagué varias veces, hasta que ella se movió un poco.

—¡Eh! —repetí.

Conseguí que despertara. Primero se asustó, pude comprobarlo. Tanto, que tuve miedo de que se pusiera a gritar.

—¡No grites, Narayan! ¡Ven, acércate!

Apagué la linterna para no deslumbrarla y la dirigí a mi rostro.

—He estado hoy aquí. He venido a ayudaros —por primera vez lo decía convencido, aunque ni siquiera sabía cómo—. Recibí un mensaje de Iqbal.

Narayan estaba muy quieta. Aun después de pronunciar yo el nombre de Iqbal, siguió en el mismo sitio. Fueron unos cinco segundos bastante espantosos, cargados de dudas e incertidumbres. Finalmente, apartó con suavidad a su dormido compañero, se levantó y se acercó al ventanuco. Se subió a una mesa para situarse a mi altura.

—¿Iqbal? —pronunció.

—Los mensajes en los dobladillos de las alfombras. ¿Sabes tú algo de eso?

—Sí —asintió rápida.

Sus ojos brillaron por primera vez.

—¿Quién de vosotros es Iqbal?

No sé si lo esperaba. No sé si lo pensé en algún momento. No sé si aún creía estar protagonizando una película americana sintiéndome en la piel de Schwartzenegger.

Pero todo se derrumbó en este momento.

—Iqbal murió un año ya, señor.

20

Narayan se dio cuenta del golpe que yo acababa de recibir. Para mí fue directo, porque me quedé sin respiración. Es curioso, la prisionera era ella, y en cambio pareció tratar de consolarme cuando puso su mano sobre mis dedos engarfiados en el enrejado del ventanuco.

—¿Cómo...?

—Ellos mataron.

—¿Qué?

—Asesinaron, como escarmiento.

Estaba subido en unas cajas, asido a unos hierros, hablando con una niña, en el patio trasero de una tienda de alfombras, en Madurai, India. Y todo era real.

Tan real como que mi mujer y mis hijos estarían en Barcelona, durmiendo, cerca del nuevo día.

—¿Encontraron alguna de sus notas de socorro?

—No, no señor. Nunca. Iqbal escondía bien.

—¿Entonces...?

—Iqbal puso revolución aquí —se llevó un dedo a la frente—, y aquí —otro al corazón—. Niños de alfombras gritaron basta. Iqbal pidió libertad, dinero por trabajo, no esclavitud. Hizo sindicato. Y después Frente Liberación Trabajos Forzados.

Puede que fuera una pregunta estúpida en ese instante, pero la hice.

—¿Qué edad tenía?

—Doce años.

Un líder de doce años. Un revolucionario anónimo de doce años. Sólo que la historia había sido injusta con él. De no haber sido por sus mensajes, y por Martín o por mí, nadie habría oído hablar de Iqbal. No era Fidel Castro, o el Ché, o Pancho Villa, o Emiliano Zapata...

Nunca sería una leyenda.

Sólo era un niño de doce años.

Sus mensajes, Martín, yo, habíamos llegado tarde.

—Señor...

Narayan seguía allí, y su mano seguía quieta en la punta de mis dedos. Su inglés era precario, pero no había problemas de entendimiento. Su voz era muy dulce, un arrullo. Voz de niña coronada por aquellos ojos que ahora me miraban cargados de dudas.

—¿Sí?

—¿Ha venido por Iqbal?

—Sí.

—¿Sólo Iqbal?

Recordé la pregunta de Toni Roura: «Hay miles de negocios, legales o sucios, desde minas a recolección de campos, desde prostitución a trabajos contaminantes, y millones de niños que son explotados en ellos. Y sólo en India y Pakistán habrá miles de fabricantes de alfombras que los tienen esclavizados en mayor o menor grado. ¿Por qué éste va a ser diferente?»

Y yo le contesté lo que me había repetido ya varias veces: «Porque no sé dónde están los otros, pero sí sé dónde está éste. Y porque no sé de los demás niños, pero Iqbal nos ha hecho llegar su voz y no puedo fingir que no la he oído.»

Ahora Narayan me hacía oír su voz.

—¿Podéis salir de aquí?

—No.

—¿Os tienen...?

—Sí —continuó ella al ver que yo me detenía.

—¿Cómo?

—Mahendra, Pushpa y Vinesh vagaban solos por las calles y ellos los trajeron. El resto fuimos comprados a nuestros padres.

—¿Cuánto tiempo llevas aquí?

—Mi padre vendió hace tres años, por veinte dólares. A Rajiv vendieron a los cuatro años, quince dólares, y a Chandaben vendieron a los cinco, dieciséis dólares.

Apoyé la cabeza en el enrejado. Cuando un occidental, como yo mismo, se encuentra con algo así, primero no puede creerlo, pero después... la magnitud de todo, la dimensión de la tragedia, le revuelve el estómago. No había cenado, pero tuve una arcada. La dominé, porque me habría parecido civilizadamente idiota vomitar en ese momento. A pesar de todo, Narayan no era tonta.

—¿Dónde usted, señor?

—España.

—¿Dónde España, señor?

—Muy lejos —suspiré.

—¿Por qué usted aquí, señor?

—¿Qué haríais si pudierais escapar?

Narayan arqueó las cejas.

—No lo sé —reconoció.

—¿Y tus padres?

—No lo sé —volvió a decir.

Adrián Calafat me lo había advertido. El compromiso tal vez no fuera sacarles de allí, sino responsabilizarme del después. Si volvían a las calles, volverían a ser presa fácil de otros fabricantes de alfombras o de quien fuera si antes no morían de inanición. En algunos países de Sudamérica los niños «desaparecen» para serles extirpados un riñón, una córnea... Allí vivirían de la miseria, removiendo basuras. Tal vez prefirieran la esclavitud con un techo y una comida diaria. Tal vez.

No era mi mundo. No podía saberlo.

—Pero quiero salir, señor —me dijo ella al ver mi vacilación. Y señalando a los demás, aún dormidos, agregó—: Todos quieren salir. Iqbal dijo que un día alguien vendría por nosotros. Iqbal dijo que mejor libres fuera que esclavos aquí. Iqbal murió por todos.

—¿Hay más niños? —pregunté con un nudo en la garganta.

—Aquí no. En otra parte, no sé.

—¿Hay alguien en el edificio por las noches?

—No.

—¿Y la puerta?

—Cierran con candado.

Tenía que pensar. Tenía que irme al hotel, darme un baño, sentirme todo lo culpable que ese pequeño acto de bienestar pudiera hacerme sentir, y meditar con cuidado la situación. Nueve niños, y yo. En el corazón del sur de la India. Ayuda de Acción Directa, Amnistía Internacional, Greenpeace, la Cruz Roja o cualquier otra organización me parecían tan lejos como la Tierra de la Luna. Y aunque estuvieran ahí al lado, ¿qué hacer? ¿Emprender acciones legales? ¿Burocracia? Estaba solo.

—Volveré, Narayan.

Sus ojos oscuros chisporrotearon.

—No, no volverá —me dijo con desaliento.

—He venido desde España por eso —le recordé.

—Vino por Iqbal.

—Todos sois Iqbal.

Mantuvo un largo silencio, tragó saliva. Supongo que intentaba penetrar en mi interior a través de mis ojos.

—¿Cuándo volverá? —quiso saber.

—Mañana por la noche, te lo prometo, aunque todavía no sé si podré...

—No vaya policía —movió la cabeza de un lado a otro—. Inútil. Si policía viene aquí, nosotros diremos que estamos bien, felices y contentos.

Tenía que irme, o el vacío de mi estómago acabaría devorándome.

—Mañana háblales de esto a los demás.

—¿Cómo llama usted, señor?

—Alberto.

—Albert —asintió ella anglosajonizándolo—, como viejo rey inglés.

Era lista, como todo superviviente.

—Hasta mañana por la noche, Narayan.

—Vuelva, señor Albert.
—Lo haré.
Me costó darle la espalda, pero lo hice.

21

Subí al primer *rickshaw* que encontré, muy cerca de la tienda pese a la hora, y volví a mi hotel confortable y refrigerado. No diré que mi cabeza fuera a estallar. Sería falso. Mi cabeza estaba en blanco. Tenía una nube de algodón dentro, y ella amortiguaba todo lo demás. Con la mente así, el estómago vacío y el frío recorriéndome la espina dorsal, es fácil imaginar mi estado. Ahora pienso que quizá fuese una mezcla de campeón olímpico antes de la carrera con alpinista a punto de hacer la última cordada para llegar a la cumbre del Everest. Lo digo por aquella extraña calma.

Seis niños y tres niñas de siete a doce años de edad, aproximadamente.

Nueve vidas en mis manos.

Demasiada responsabilidad.

Imposible sacarlos del país. Y aunque pudiera, ¿me presentaba en casa con ellos? Imposible romper aquella reja y liberarles para dejarles tirados en la calle. Imposible...

Los imposibles sumaban mucho más que los posibles. Mejor dicho, es que no había un sólo posible a considerar.

Me sumergí en la bañera llena de agua caliente y cerré los ojos. Dejé que mis pensamientos fluyeran libres para ver qué curso tomaban. Pero mis pensamientos eran traidores. Me apuñalaron desde todos lados. Iqbal, sus notas, su edad, su lucha, su muerte, y finalmente Narayan y los demás. Un niño costaba quince o veinte dólares. Mercancía barata, muy barata. Y cualquiera puede pensar que esos padres merecen el peor de los castigos, pero no puede juzgarse nada ni a nadie sin conocer su historia.

No podía arreglar el mundo, pero sí ayudar a nueve integrantes del equipo de los perdedores.

«Piensa globalmente. Actúa localmente.»

Ahora estaba allí, en la India. Tenía que actuar o nada tendría sentido.

Salí de la bañera media hora después, me sequé y me tendí en la cama desnudo. Siempre apago la refrigeración al entrar en mi habitación. No la soporto. El silencio era ensordecedor. No tenía sueño. Bajo mi aparente calma, la tormenta rugía sin cesar. Miré la hora y pensé que en Barcelona, Estrella y los niños se estarían despertando para iniciar la jornada. Estuve a punto de descolgar el teléfono y llamarla.

Pero no lo hice.

¿Qué podía decirle a Estrella?

Acabé odiando aquel silencio, aquella falsa paz y el gueto separado del mundo que representaba el hotel, así que volví a vestirme, con unos simples pantalones cortos y una camiseta, y salí de mi habitación, sin rumbo. Primero bajé a la piscina, pero no me apeteció sentarme allí y mirar el agua, por mucho que sea mediterráneo y me relaje mirarla. Di una vuelta por el hotel, y acabé saliendo al exterior. Bajé las escalinatas de piedra rojiza y me asomé a la Pasumalai Hill. Muchos indios duermen en la calle, en cualquier lugar, sin manías y sin problemas, pero no los había en las inmediaciones del Taj Garden.

Dios... amaba un país del que no sabía nada, y me superaba, me hacía sentir pequeño, impotente. Un país del que recibía vibraciones, eso era todo.

A veces tener una causa por la que luchar no es todo.

Salí a la avenida arbolada, lejos del pulso de la ciudad, y mis pasos se perdieron sin rumbo con perezosa lentitud. No me detuve hasta llegar a las inmediaciones de las primeras casas indias de la zona. Allí encontré los primeros durmientes, especialmente hombres. Lo hacían vestidos, buscando lugares elevados como cornisas o pretiles de algún puente. También vi a una madre abrazando a dos niñas pequeñas. Pensé en Narayan.

Finalmente, me atrajo el murmullo del agua. En las piscinas, cloradas, debidamente tratadas, el agua no se mueve. Allí en cambio el agua circulaba y producía ese suave murmullo que suele atraparte. No era un riachuelo ni tampoco una cloaca al aire libre. Procedía de una acequia.

Me senté junto a ella, me quité las sandalias que calzaba y sumergí mis pies en el agua.

Creí estar solo.

Pero no era así.

La voz sonó muy cerca, a mi espalda, casi cinco minutos después.

Una voz que hablaba en inglés, no en ningún dialecto hindú, y por lo tanto se dirigía a mí.

—Escuche la música del viento.

22

Me giré sobresaltado y me sorprendió encontrarle allí. No es que se hubiera acercado en silencio mientras yo permanecía con los pies en el agua, al contrario. Al llegar había visto el montón de hojas verdes y grandes formando un montículo, y el carro apostado a un lado. Pero no se me ocurrió que debajo pudiera haber un ser humano. Y menos alguien como él.

Porque era un *sadhu*, un santón, un hombre hecho a imagen y semejanza del Mahatma Gandhi: anciano, calvo, de barba hirsuta y rala, brazos y piernas como pellejos, y que vestía una simple túnica blanca.

—Lo siento —hice ademán de levantarme—. No quería molestar...

Me detuvo con un gesto de la mano.

—¿Tiene prisa?

—No —reconocí.

—Bien —aceptó él.

Sólo le faltó agregar: «Un occidental que no tiene prisa. Sorprendente».

—¿Lo he despertado?

—No.

Se acercó a mí. Pensé que me pediría algo. Puro reflejo de turista. No lo hizo. Se sentó a mi lado y también él sumergió los pies en la acequia. Movió los dedos.

—¿Le molesto?

—No —fui amable.

Siguió moviendo los dedos de los pies. Luego levantó la cabeza y miró al cielo. Una suave brisa pareció llegar de alguna parte cargada de olores. En ningún lugar del mundo el aire tiene más olores que en la India.

La situación era extraña, por la noche, por él y por mí. Pero ninguno de los dos lo acusó.

—¿Por qué me ha dicho eso? —le pregunté al fin.

—Porque estaba escuchando hacia dentro, y por lo tanto sólo oía una parte de la sinfonía cósmica.

—¿Cómo sabe que escuchaba hacia dentro?

—Le he visto llegar, sentarse, y arroparse en el silencio. Pero no lo disfrutaba, más bien luchaba contra él. Su aura es negativa.

—¿Ve mi aura?

—Sí.

—¿Y qué más?

—Puedo tocarla.

—¿Qué le dice mi aura?

—Hay un caos, y un sólo camino. Por ello le decía que escuchara la música del viento. Ella le guiará.

—Habla usted muy bien.

—Me eduqué en Oxford —me reveló con orgullo—. Aunque eso fue hace mucho tiempo.

—¿Qué es la música del viento?

—Cuando se creó la tierra, hubo un gran estruendo cósmico. Ese estruendo fue el sonido. Después, al poblar el hombre la tierra, nació la música. En un comienzo la música era el recitado rítmico de las sagradas escrituras. El viento es como un gran pentagrama armónico. Uno puede escuchar muchas clases de armonías, la de su corazón, la de sus sentidos, la de sus manos, la de su mente, pero sólo hay una música capaz de contenerlas todas. La música del viento, que nos une y nos hermana.

—También hay vientos huracanados.

—Son los de la ira —concedió el *sadhu*.

—¿Se ha dirigido usted a mí porque mi viento era furioso y mi aura un caos?

—Su viento no es furioso, amigo mío. Es melancólico. Y la melancolía es un círculo cerrado —me sonrió con dulzura—. ¿De dónde viene?

—De Barcelona.

—¿Qué está haciendo aquí?

—Meditar.

—¿Cómo puede hacerlo si se siente prisionero de la impotencia?

—Por lo menos lo intento.

—¿Ha leído a Tagore? —Asentí con la cabeza y continuó—: Dijo que un simple árbol impide ver el bosque.

—No siempre puede uno apartarse lo suficiente para no tener el árbol cerca, ni rodearlo para adentrarse en el bosque.

—No piense en occidental. Piense en indio. Usted no es un extraño aquí, ¿verdad?

—Así es.

—¿Qué hace en España?

—Escribo.

—Entonces debería saber que hay muchos caminos para llegar a un final, y muchas palabras capaces de contar una historia.

—No es tan sencillo.

—Lo sabemos. Pero un paso lleva a otro paso, y cien pasos hacen una senda, que no siempre es recta.

—¿Usted cree en el destino?

Sonrió. Yo tal vez empleara muchas palabras para poder contar una historia, pero él jugaba con ellas. Siempre me habían fascinado esos santones hindúes, pero era la primera vez que hablaba con uno de ellos. Su voz era agradable, aguda, delgada —sí, delgada, una voz muy fina y delgada—, lo mismo que sus ojos eran puros, simples, de pupila rojiza y mirada húmeda.

Se me antojó que era una escena sin desperdicio.

En plena madrugada, con un santón, los pies en el agua, y hablando de lo humano y lo divino. Dos culturas y dos mundos bañados por las mismas aguas.

—¿Quiere contarme lo que le preocupa? —se ofreció a oírme.

—No puedo —fui sincero con él.

—Entonces sólo le diré una cosa: ahora usted está aquí, en la India, pero aunque se sienta indio por convencimiento, no piense como indio. Siga pensando como occidental. Es cuestión de genes.

—¿Y si mi problema está aquí?

—En todas partes hay respuestas.

—La música del viento —suspiré yo.

—Escuche.

La brisa movía las hojas de los árboles. Era un sonido apenas perceptible, ahogado por el murmullo del agua. Me sentí súbitamente cansado, incapaz de seguir hablando elípticamente con aquel hombre. Seguramente no sabría qué más decirle.

—Váyase a dormir —me dijo de pronto él, como si captara mis pensamientos—. Y mañana, cuando despierte, piense en su casa, su familia, su mundo.

Saqué los pies fuera del agua y los introduje en mis sandalias sin necesidad de secarlos. Por inercia, por costumbre, por la razón que fuera, metí la mano en el bolsillo y saqué un billete de diez dolares.

—No tiene que darme nada —me agradeció él.

—Lamento haberle despertado —dije guardando el billete.

—Nada es casual, ¿sabe? —sonrió una vez más—. Puede que yo fuera el árbol que le impedía ver el bosque. Ahora ya no tiene más remedio que sortearlo.

Me puse en pie. Él continuó donde estaba.

—¿De qué color es mi aura?

—Hay una luz blanca en su interior, pero usted funciona como un prisma, así que al salir se descompone y forma los siete colores del Arco Iris.

—Gracias por su compañía —iba a preguntarle el nombre, pero se me antojó irrelevante.

—Gracias por su amistad.

—¿Sabe? Creo que voy a pensar a menudo en usted.

—Abrace a su mujer y a sus hijos de mi parte.

—¿Cómo sabe que tengo una esposa y unos hijos?

—Porque los lleva impresos en la memoria de sus ojos.

Probablemente fue el influjo del momento, sus palabras, la sensación irreal, la fascinación. ¿Cómo saberlo? Lo cierto es que me sentí en paz, o como dicen tanto los espiritualistas como los ecologistas: uno con el universo.

¿La música del viento?

—¿Estará mañana aquí? —fue mi última pregunta.

—No.

—Entonces adiós.

Unió sus manos cerrando los ojos, las llevó a su barbilla y bajó levemente la cabeza.

Cuando llegué al hotel estaba inesperadamente rendido.

23

Desperté muy tarde, pasadas las doce del mediodía, y lo primero que hice fue meterme bajo la ducha para despejarme. Ya no podía bajar a desayunar, porque el comedor estaría cerrado, y dado que no había cenado, tenía un hambre atroz. Opté por llamar al servicio de habitaciones y pedir algo: un zumo, café, mermelada y pan, huevos fritos, *bacon*... y un *lassi*, el maravilloso yogur indio. Mientras aguardaba me senté en la terracita de la habitación y recordé todo lo que me había ocurrido el día anterior, desde mi llegada a Madurai. Era como si llevase allí veinticuatro años en lugar de veinticuatro horas.

El desayuno aterrizó veinte minutos después. Di cuenta de él y, gracias a ello y a los efectos benéficos de la ducha, empecé a sentirme mejor. Pero la verdadera «guinda» fue bajar a la piscina y tirarme de cabeza. Estaba solo. Los turistas aún no habían vuelto de sus recorridos por el Gran Estanque Ceremonial de Mariamman, el templo de Meenakshi o las compras. Tras el baño me tendí en una tumbona y pensé en el viejo *sadhu*.

¿Lo había soñado?

¿Realmente había estado hablando con un representante de la India más clásica?

No lo había soñado. A mí nunca se me habría ocurrido aquello de la música del viento.

Estrella, Diana, Oscar, Barcelona, mi tierra, mi país, mis orígenes, mis paces y mis guerras. Y en el otro lado de la balanza, los niños y niñas del taller.

—Aunque se sienta indio, siga pensando como occidental.

Curioso. Habría creído que la respuesta consistía en todo lo contrario: pensar como indio.

Noté el picorcillo, la inquietud, la ansiedad. Me suele sobrevenir un estado de excitación nerviosa creciente cuando sé que estoy cerca de algo.

Casi contuve la respiración.

Y aquello, fuera lo que fuera, iba y venía, se me acercaba, dejaba que casi lo pudiera tocar, y luego se esfumaba de nuevo para volver a sorprenderme desde otro lugar de mi cerebro.

Una respuesta.

El santón me había hablado del estruendo cósmico de la creación de la tierra, del nacimiento del sonido al estallar ese estruendo. Así que del estruendo cósmico de mi interior debía fluir un nuevo sonido.

Una música.

La escuché.

Me vi a mí mismo en mi casa, leyendo el periódico, viendo un anuncio en el que se ofrecía la posibilidad de «adoptar» a un niño indio mediante el simple pago de una módica cantidad mensual. No se trataba de una adopción en regla, sino simbólica. Mi dinero servía para darle alimentación y estudios hasta más o menos los catorce años. Era un «ahijado». Una fundación se ocupaba de mandarme cada dos o tres meses noticias del niño o la niña que yo tutelaba con mi aportación mensual o anual. Una fórmula eficaz de acallar muchas conciencias occidentales.

Y me vi levantando los ojos para mirar a mis hijos.

Aquello había sucedido hacía apenas dos semanas, aproximadamente cuando Martín y Bernarda estaban en la India, tal vez en la misma Madurai.

Lo tenía.

La respuesta.

Subí a mi habitación excitado, alegre, aunque también nervioso por la magnitud de lo que me esperaba, suponiendo que lograse sacar a los pequeños del taller. Todo dependía de que lograra encontrar a Estrella en casa. Dada la hora, o acababa de llegar o estaría a punto de hacerlo, salvo que hubiera llevado a los niños a casa de su madre para ir al teatro o a cenar con alguna amiga.

Marqué el número de la operadora, conseguí la línea exterior y marqué el largo número de la conferencia internacional. Cero, cero, tres, cuatro, tres...

No había nadie en casa, y no quise dejar el mensaje en el contestador automático.

Colgué, esperé cinco minutos y volví a repetir la operación.

Tuve suerte.

—¿Sí?

—Estrella, soy yo.

—¡Alberto! ¿Cómo va todo?

—Bien.

No quería hablar de ello, pero era imposible no hacerlo.

—¿Has dado con Iqbal?

No, no quería, sin embargo...

—Escucha, Estrella. No tengo mucho tiempo y tienes que hacer algo por mí ahora mismo. Iqbal murió hace un año —impedí que manifestara su desilusión y su pena, continuando con aplomo—, pero aquí, en el lugar en que estaba él, hay nueve niños más. Te necesito.

—¿Qué quieres que haga? —se extrañó aturdida.

—En Barcelona hay una fundación de ayuda a niños indios. Lo sé porque he visto anuncios y alguien me habló de ella. No sé dónde está, ni en qué parte de la India opera, pero puedes hacer un par de llamadas y tendrás la información en un abrir y cerrar de ojos. Necesito nombres, datos, señas, un número de teléfono. Todo lo referente aquí, a la propia India. ¿Crees que podrás tenerlo en una hora? Volveré a llamarte.

—Claro, claro... —seguía aturdida, probablemente por la muerte de Iqbal, que era toda una desilusión para ella—. Pero, ¿qué ha sucedido? ¿Dónde estás? ¿Y para qué quieres...?

—Estoy en Madurai, estoy bien, no te preocupes. Escucha, en España ya son más de las cinco y como no te muevas rápido vamos a perder un día.

—Dame tu número —reaccionó.

—El del hotel es el 0452-88256. El prefijo de la India es el 91. Mi habitación es la 07.

—No te muevas de ahí.

Se había puesto en marcha.

Muy a lo lejos, oí a mis hijos. Pero por una vez, no tenía tiempo para hablar con ellos.

24

No tuve que volver a telefonear a Estrella. Lo hizo ella. Exactamente quince minutos después de haberla llamado yo. Mientras, había vuelto a hacer uso del servicio de habitaciones para pedir una comida ligera, pues, dado lo tarde que era, temía tener que ayunar otra vez. La comida llegó a los catorce minutos. Mientras le cerraba la puerta al camarero sonó el timbre del teléfono. Me abalancé sobre él, con el bloc y el bolígrafo de la mesita al alcance de mi mano.

—¿Sí?

—¿Alberto? —era Estrella, ¿quién si no?—. Toma nota.

—Adelante.

—La fundación está dirigida por un tal Ventura Masferrer, que es también de aquí, de Barcelona. En la India se la conoce como RDM, siglas de Rural Development Movement. Es una especie de granja y... bueno, ya sabes. Está en Anantapur.

—¿Anantapur? —conocía el nombre de la ciudad,

pero no su ubicación en el mapa, y como estuviese a dos mil kilómetros de distancia...

—Me han dicho que está cerca de Bangalore.

El corazón me dio un vuelco en el pecho. Bangalore también estaba en el sur, exactamente al norte de Madurai. Casi no podía creerlo.

Aunque cualquier distancia, en la India, fuese siempre algo a tener en cuenta.

—La encontraré —le dije—. ¿Algún nombre más, o el teléfono del RDM?

—No, lo siento, no tengo más datos. He conseguido el teléfono de la propia fundación en Barcelona, pero ya no había nadie. Mañana a primera hora lo tendré.

Me habría gustado telefonear al RDM antes, pero ya no iba a tener más opción que arriesgarme. Y casi lo prefería.

—Te llamaré si puedo, pero no creo que ya esté aquí.

—¿Por qué?

—Tengo una cita con una india llamada Narayan para esta misma noche, y luego me iré.

—¿Es guapa?

—Mucho, aunque sólo tiene unos doce años, trece a lo sumo.

—A esa edad allí ya las casan.

—Te quiero, Estrella —comencé a despedirme.

—Alberto...

—Vale, no te preocupes.

—Está bien —suspiró.

—¿Y los niños?

—Te los paso.

Empleé los cinco minutos siguientes en hablar con Oscar primero y Diana después. Habían buscado en un mapa y sabían dónde me encontraba. Oír sus voces fue reconfortante. Una inyección de adrenalina supletoria. Me coloqué su fotografía delante, como si de ésta forma los viera o los recordara mejor. Cuando al final Diana me pidió un sari de color rojo, le prometí llevarle el más bonito que pudiera encontrar.

Al colgar me sentí muy solo.

Pese a que ahora, finalmente, tenía un camino a seguir.

Comí con apetito, y tras ello vi pasar las horas tan despacio como pasan cuando aguardas un momento determinado del día. Me sentía igual que un león enjaulado. Vi la televisión, bajé a la piscina, me di otro baño, subí a la habitación, escribí una carta por si las cosas se torcían, me duché, volví a bajar, pedí un mapa del sur de la India e información sobre las comunicaciones con Madurai, en especial el servicio ferroviario. Con todo ello regresé arriba y efectué un par de llamadas. Imposible meternos en un avión. Sin embargo, había un tren a primera hora con destino a Bangalore. Muy a primera hora. Hice mis cálculos.

Al anochecer lo tenía todo más o menos ultimado, así que salí, cogí un *rickshaw*, le pedí que me llevara a una ferretería y me condujo hasta una pequeña tienda, como lo son la mayoría en la India, donde compré unos alicates grandes. Los más grandes que encontré, capaces de cortar un alambre grueso y hasta una cadena de hierro. Regresé al Taj Garden, subí a dejar los alicates y luego bajé a recepción para devolver los mapas y las guías. Pedí la cuenta para dos horas más tarde. No entendieron el motivo de que me quedara en la ciudad sin dormir en el hotel. De todas formas les aboné la noche, como era preceptivo. Tras esto me fui al restaurante, cené de forma frugal y subí una vez más a la habitación 07. Necesitaba dormir un poco. Sólo un poco. Las dos horas se convirtieron en tres, aunque no me preocupó. Hice la maleta, metí las cámaras en la bolsa, y bajé con todo ello. Lo dejé en recepción, pagué y salí. En una bolsa de plástico llevaba tan sólo los alicates y la pequeña linterna. En el bolsillo, la carta.

Era ya muy tarde y la noche comenzaba el camino hacia la madrugada.

Había tres *rickshaws* en la puerta, pero no subí a ninguno de ellos. De pronto eché a andar en la misma dirección que la pasada madrugada. El camino se me hizo familiar al instante. No tardé en llegar a la acequia donde mis pies se habían refrescado.

El santón no estaba allí.

Un minuto después un *rickshaw* me llevaba a todo pedal hasta el centro de la ciudad, aunque no le di las señas de la tienda de Pankaj Shah directamente.

Me preguntaba cuántos años de cárcel podían caerme por hacer lo que iba a hacer, en el caso de que me detuvieran.

25

Temí lo peor cuando al llegar a Pankaj Shah vi luces en el primer piso. Me quedé en la calle, dudando entre permanecer allí y levantar sospechas, o irme al templo a ver el ceremonial nocturno, aunque no recordaba la hora en que los monjes llevaban a Shiva a los aposentos de Parvati, lo lavaban y lo preparaban para el amor. A los quince minutos las luces se apagaron, y enseguida por la puerta principal salieron dos hombres a los que no pude reconocer dada la distancia y la penumbra. Esperé otros quince minutos para estar seguro de que no volvían y de que no había nadie más en el edificio.

Al tomar la decisión de actuar, sentí esos latidos fuertes en mi pecho, y la sensación de que mis piernas eran de cartón. Cuando no se es un héroe, cuando se es una persona normal y corriente, las situaciones delicadas imponen un respeto y el riesgo dispara la secreción de adrenalina. Si hiciera en España algo como lo que iba a hacer, estaría muy asustado. Encima, estaba en la India, y solo.

Pero no retrocedí.

Y no porque me sintiera héroe, o valiente, o animoso. Lo hice por el compromiso adquirido desde que la nota de Iqbal llegó a mis manos, y por los ojos de Narayan.

Rodeé el edificio y repetí lo que hice la noche anterior. Primero saltar el muro, y después subir hasta el ventanuco del taller. Saqué la linterna e iluminé el interior. Nada parecía haber cambiado. Dormían casi igual. La única diferencia fue que esta vez Narayan se despertó inmediatamente, como si tuviera los sentidos alerta. Al verme se movió rápida hacia mí, subió a la mesa y me tocó los dedos de la mano con la que me sujetaba al enrejado.

—¡Señor! —suspiró con emoción.

—Hola, Narayan.

—¿Va a sacarnos de aquí?

—¿Has hablado con los demás?

—Sí.

—¿Están dispuestos?

—¡Sí!

—Entonces, de acuerdo.

No se movió. Todavía no.

—¿Qué hará cuanto estemos fuera?

—Os llevaré a un lugar seguro.

—¿Con usted?

—No.

Vi cierta desilusión en sus ojos.

—¿Por qué?

—No puedo sacaros de vuestro país.

—¿Por qué? —volvió a preguntar.

—Porque es imposible. Hay leyes y se necesitan documentos.

—Yo quiero ver América —movió la cabeza con vigor de arriba abajo.

—El mundo no es América, ¿sabes? De todas formas, si eres libre, puede que un día el mundo se te quede pequeño. Depende de ti, y de las oportunidades que tal vez tengas desde ahora.

Me miró como si no me entendiera, y decidí no perder más tiempo hablando. Saqué los alicates.

—Voy a cortar este enrejado —le expliqué.

—No —dijo ella—. Muchos hierros y después difícil pasar. Mejor la puerta.

Tenía razón, pero... ¿la puerta?

—¿Cómo llego hasta la puerta?

—Izquierda suya. Hay un pequeño muro. Salte y atraviese patio. Hay una puerta que da a otro patio y en él está nuestra puerta.

Lo recordaba.

—Despiértalos —le dije—. Y que no hagan el menor ruido, ¿de acuerdo?

—¡Sí, señor!

Parecía que estuviésemos jugando, pero no era así. Era mucho más que un juego. Pasara lo que pasara, yo iba a acordarme toda la vida de lo que estaba haciendo, y aquellos nueve críos...

Más, mucho más, claro.

Comencé a apilar cajas, no sólo para pasar yo a la ida, sino también para el regreso, que sería mucho más complicado con los más pequeños. Salté el muro y me encontré en un patio intermedio con muchos objetos de los que vendían en la tienda, preferentemente de los que no sufrían daño a la intemperie. La puerta se abrió sin problemas y llegué al patio en el cual había estado el día anterior, el de las cuatro puertas. Una daba al sótano del edificio, y otra, al taller. La del taller tenía un candado y una cadena, no muy gruesa, pero cadena al fin y al cabo.

Saqué mis alicates y comencé el trabajo de cortar uno de los eslabones.

De vez en cuando miraba hacia arriba, a los edificios colindantes, como si esperara ver a alguien, o escuchar un grito de alerta. ¿Y si un testigo había telefoneado ya a la policía? Estaba sudando por el trabajo y el esfuerzo. Empecé a sudar también por el miedo. Recordé aquella película, *El expreso de medianoche*. Las cárceles indias tal vez fueran como las turcas.

Al otro lado de la puerta no se oía nada.

Los alicates hicieron su trabajo lentamente, y yo me tuve que emplear a fondo para saltar la cadena. Tuve que utilizar una barra de hierro que encontré en el suelo para acabar de romper el eslabón. En el momento de abrir la puerta, me encontré con un cuadro difícil de olvidar.

Los seis niños y las tres niñas estaban de pie, formando un compacto montón delante de la puerta. Iban descalzos, no tenían más ropa que la puesta y sus ojos estaban muy abiertos pese a haber sido despertados de su sueño tras una larga jornada laboral. Se me quedaron mirando sin moverse. Tan fijamente que de buenas a primeras no supe ni qué hacer.

—Hola —me oí decir a mí mismo estúpidamente.

—Él es Albert —dijo Narayan.

—¿Vamos?

—Sí.

Y comenzó la huida.

Primero, cruzar el patio. Después, el muro interior. Narayan se subió a él y yo le fui entregando a sus compañeros y compañeras. Eran como plumas, no pesaban nada. Empecé a sentir una emoción muy extraña al tocarlos, cogerlos, subirlos, acariciarlos. Me costaba respirar.

Cuando llegamos al muro que nos separaba de la calle, repetimos la operación. Narayan subió arriba, y yo ayudé a los demás desde abajo. Ella les iba dando instrucciones en su lengua. Probablemente los más pequeños no sabían nada de inglés, y a lo peor ni siquiera los mayores, si es que llevaban allí encerrados todos aquellos años. El inglés es prácticamente oficial y conocido en toda la India, pero no todos los indios lo hablan.

Fui el último en subir. Ya sólo nos faltaba echar a correr.

Para mi sorpresa, Narayan no bajó hasta la calle, comenzó a descender por las cajas del patio para volver adentro.

—¿Qué haces? —le cuchicheé—. ¡Vámonos!

—Yo vuelvo rápido —me dijo.

Pensé que iba a robar dinero.

—¡No nos hace falta nada, sube!

—No —me dijo tozuda.

Ya estaba abajo.

—¿Quieres que nos cojan?

—Nadie nos ve —lo dijo con una fe ciega—. Vuelvo rápido. Espere aquí o en ese lado —señaló a su izquierda.

—Pero...

No tuve tiempo de hacer o decir nada más. Narayan desapareció en el patio, saltó el segundo muro y eso fue todo. Sin ella, de pronto, me sentí bastante desprotegido. Miré a mis ocho «evadidos».

—¿Alguno habla inglés? —les pregunté dudoso.

Todos sonrieron al ver que me dirigía a ellos, pero ninguno contestó.

—¡Ay, ay, ay! —gemí.

Hice lo que me había dicho Narayan. A fin de cuentas ella podía subir y saltar sola. Bajé al nivel de la calle y les hice una seña a mis acompañantes. Por primera vez me di cuenta de que formaban un grupo compacto, una «familia». Los mayores ayudaban a los pequeños, los llevaban de la mano, los guiaban. Así que caminamos hasta la esquina, y allí empezó la espera más extraña de mi vida. Cada segundo era una losa y cada minuto un abismo. En la India no hay policía por la calle como en cualquier ciudad española, al menos con tanta evidencia, pero si alguien me veía con aquellos ocho críos de noche y se detenía a preguntarme...

Cuando hubieron transcurrido cinco minutos, aquellos famosos cinco minutos cargados de miedos, evocaciones y preguntas, mis nervios ya no podían soportar más la tensión.

Eché a andar de nuevo hacia la parte trasera del edificio. Mis ocho «liberados» me siguieron.

—No, esperad aquí —les dije.

Me miraron como si fuera a abandonarlos.

—¡Maldita sea! —dirigí mis ojos al lugar por el que se suponía que debía aparecer Narayan.

Y entonces la vi.

Descendía por el muro, y al llegar al suelo, echó a correr hacia nosotros. A toda velocidad.

Casi no se detuvo al llegar a mi lado.

—¡Vamos! —me apremió entonces ella a mí—. ¡Vamos! ¡A correr!

Y corrimos.

Como pudimos, pero corrimos. Yo cogí en brazos al más pequeño del grupo y con eso ganamos algo de tiempo.

Rodeamos las casas, llegamos a la calle principal, y entonces, al girar la cabeza para ver por última vez el edificio de Pankaj Shah, vi el resplandor.

Las llamas ya partían del primer piso para buscar los dos superiores.

—¿Pero qué...? —me quedé alucinado.

Narayan tiró de mí.

—¡Vamos, vamos! —gritó.

Nadie iba a impedir que Pankaj Shah se convirtiera en una tea, y con ella, todas las alfombras, toda la oscuridad encerrada en tantos años de impunidad.

Entonces supe que Iqbal, de alguna forma, no había muerto del todo.

Y había ganado.

26

No fue fácil llegar a la estación de tren de Madurai, pero lo hicimos. En la oscuridad de la noche, y pese a la distancia que recorrimos, el resplandor del incendio del edificio de Pankaj Shah era visible desde casi toda la ciudad. Oímos sirenas, las voces del desafío estallando en la tormenta quieta de las sombras. Era como si en el centro de Madurai hubiera estallado un volcán. En ningún momento pude hablar con Narayan. No había tiempo, sólo prisa. Pero a veces, en aquella huida sin freno, me bastaba con mirarla para saber que ya no era una niña, que había dado el salto, y con su conversión a mujer, también había saldado sus deudas con el pasado. Dos veces nuestros ojos se encontraron. En la primera, se enfrentó a los míos, con valor, decisión, incluso reto. En la segunda, la vi sonreír.

Cuando llegamos a la estación, le di a la que ya podía considerar como la jefa del grupo la mitad de mi dinero, por si acaso, y la carta que había escrito en el hotel.

—Si no regreso, compra billetes para Anantapur. Es posible que tengáis que bajar en Bangalore y tomar otro tren, no lo sé. Pero id a Anantapur. Cuando lleguéis allí, dirigíos a estas señas y entregad esta carta. Dentro lo explico todo. ¿De acuerdo?

Narayan lo cogió todo, pero la vi temblar.

—Señor Albert...

—Sólo es una precaución, nada más.

Podía dejar las maletas en el hotel, e irme con ellos, pero eso habría sido muy sospechoso. Tenía que comportarme con normalidad. No estaba seguro de nada.

—Iqbal siempre supo que usted vendría —se abrazó a mí de forma inesperada.

Se me hizo un nudo en la garganta. No sé ni cómo logré irme tras apartar a la niña de mí. Una vez libre eché a correr en busca de un *rickshaw*.

No lo encontré.

Por la hora, o por el incendio, las calles parecían desiertas.

Traté de orientarme como pude, pero no me resultó fácil. Una y otra vez miraba hacia el centro. Los *gopurams* de Meenakshi brillaban ante la pira que crepitaba en su proximidad. Cuando encontré un *rickshaw*, su dueño estaba dormido dentro. Le desperté sin miramientos y no me preocupé de negociar el precio de la carrera. Ya no. Le puse cinco dólares directamente en la mano y le di el nombre del hotel. La moto petardeó por las calles desiertas y creo que hice el viaje en un tiempo récord. Cuando se detuvo en la puerta del Taj Garden le enseñé otros cinco dólares y pronuncié una sola palabra: *Wait*.

Sabía que me esperaría.

No tardé más de un minuto, el tiempo de entrar en el vestíbulo, recoger mi maleta y mi bolsa y volver a salir. El fuego se mantenía a lo lejos, pero ya no eran llamas altas, sino los rescoldos de sus brasas. Temía que su virulencia hubiera acabado también con las casas próximas, con la manzana entera, pero me quedé con las ganas de saberlo.

Narayan no había hecho más que dar rienda suelta a su resentimiento, su odio infantil, sus tres años de esclavitud.

Y algo más, lo comprendí de repente.

Sin tienda, Pankaj Shah no podría volver a reclutar a más niños para esclavizarlos.

El *rickshaw* volvió a hacer tronar su motor para llegar a la estación. Amanecía, y con la llegada del día comenzaba una parte inquietante del viaje. También la más inesperada. No era tanto por la distancia que me separaba de mi destino como por el hecho de cubrirla acompañado de aquellos nueve niños.

Me di cuenta de que estaba a punto de conseguir lo que me había propuesto.

Cuando llegué a la estación, primero no los vi. Pero me tranquilicé enseguida, porque ellos sí me vieron a mí y salieron de su escondite detrás de unos bultos. Narayan iba en cabeza.

—¡Señor Albert!

El primer tren con destino al norte salía en treinta minutos.

Pasaron muy despacio, pero pasaron. Y nadie nos importunó ni nos preguntó nada. ¿Un blanco y nueve niños y niñas indios? ¿Y qué? En la India nada parece llamar la atención.

Con los primeros rayos solares salimos de Madurai, libres.

27

El sur de la India es puro verdor, puro encanto flotando en exuberancias frente a la mayor diversidad del norte. No me habría cansado de admirar el paisaje a través de la ventanilla del tren, de no ser porque también era un paisaje especial ver a mis pequeños dormidos o relajados tras la inquietud de la noche.

Ni siquiera hacían preguntas. Narayan les había dicho que eran libres, y que partían rumbo a un hermoso lugar donde todo sería diferente.

—Pushpa y Chandaben —me presentó a las dos niñas—. Mahendra, Ravi, Abhyankar, Vinesh, Rajiv y Pawan —hizo lo mismo con los seis chicos.

Pawan era el más pequeño. Me miraba como si yo fuera la pura reencarnación de Shiva.

Si algo hicieron los ingleses bien en la India, fue construir una red ferroviaria al estilo de la británica. Hoy, la mejor forma de viajar aún es en tren, aunque los vagones sean infectos para un occidental y los trenes se conviertan en hormigueros superpoblados, con gente colgando de las ventanas, los estribos, suspendida de los techos o incluso aprovechando cualquier hueco apto en la propia locomotora. Nosotros habíamos tenido suerte, por estar temprano en la estación, y porque Madurai era cabeza de ruta. Al cabo de dos horas el tren estaba saturado y avanzaba con perezosa parsimonia a través de Tamil Nadu en dirección norte, al estado de Karnataka cuya capital es Bangalore. Compramos algo de comida en la primera parada. Comida y agua. Por primera vez también fotografié a mis compañeros de viaje y el tren, y recuperé la vaga noción de mi faceta profesional como periodista.

Fue al extraer la fotografía de mi mujer y mis hijos, para asirme a su imagen como fuerza vital, cuando Narayan despertó a mi lado y se fijó en ella. Acabó tomándola entre sus dedos heridos por las agujas y pasó un largo minuto estudiándola. Luego me la devolvió.

—Bonita esposa —dijo.

—Gracias.

—¿Ellos trabajan?

Sabía a quiénes se refería.

—No, en mi país los niños no lo hacen.

—¡Oh!

—Háblame de ti, Narayan —la invité a hacerlo por primera vez.

—Poco —me miró con tristeza.

—¿Por qué te vendieron tus padres?

—Mi padre quería hijos, no hijas. Hijas cuestan dote.

Conocía mil historias, de dotes, de bodas concertadas siguiendo la tradición. Yo mismo había sido testigo de una en un viaje anterior, en Agra. La novia tenía unos quince años y acababa de conocer a su marido en la ceremonia. Se iba de su casa para vivir en la de su esposo, así que eso era un profundo cambio. Perdía una familia a la que amaba y por la que era amada para ganar otra completamente desconocida, incluido un hombre que dispondría de ella a su antojo. Por eso estaba tan triste, y sonreía forzada, con lágrimas en los ojos, mientras los que habían vaticinado su felicidad mediante augurios, cantaban risueños por la dicha de ambos. Extraño mundo. ¿Y si la quemaban, como hacían aún muchas familias, mediante un «accidente hogareño», para de esta forma conseguir una segunda dote al volver a casar al hijo varón?

—¿Tu padre te vendió sólo a ti?

—Y a una hermana. Ella murió.

—Cuéntame la historia de Iqbal.

—Iqbal fuerte, muy fuerte —su carita oscura se llenó con una gran sonrisa—. A él le vendieron antes. Cinco años edad de Iqbal. Pero Iqbal muy listo.

—¿Cómo pudo formar un sindicato, un frente de liberación o lo que fuera que me dijiste que había hecho?

—Se escapó tres veces, pero no para huir. Reunía a chicos y chicas, tejedores de alfombras. Iqbal quería hacer alfombras. Pero no encerrado, ni gratis. Trabajo —puso una mano palma arriba—, dinero —puso la otra—. Iqbal movilizó todos, y consiguió huelga.

—¿Qué?

—Huelga —pensó que yo no sabía qué era eso—. Nadie trabajaba. Fabricantes romper muchas varas aquí —se tocó la espalda.

Estaba espantosamente fascinado.

—¿Cómo le mataron? —conseguí preguntar.

—De paliza —Narayan me miraba a los ojos, y a mí me costaba sostener su mirada—. Escarmiento para todos.

—¿Lo hicieron delante de...?

El tren hizo sonar su silbato, y eso nos hizo perder la concentración. Narayan dio un brinco. Pawan y Pushpa se despertaron de golpe. El más pequeño no sabía dónde se encontraba en ese momento, así que empezó a hacer pucheros, como cualquier niño que despierta de un sueño y se asusta. Narayan le cogió una mano, lo besó en la frente. Le dijo algo en su lengua y el pequeño volvió a cerrar los ojos.

—Iqbal tuvo gran idea con mensajes en alfombras —se dirigió de nuevo a mí la niña—. Siempre fue seguro de que usted encontraría una.

—¿Yo?

—Usted.

Comprendí su asociación. Yo era Occidente.

El «Séptimo de Caballería» de los tiempos modernos.

—¿Por qué quemaste esa tienda, Narayan?

Era la clase de pregunta absurda que no merecía una respuesta. Y Narayan no me la dio. En parte la sabía. En parte pensé que en la India el fuego es el elemento purificador. No en vano incineran sus cadáveres. En alguna parte Iqbal estaría agradeciéndolo. La pira funeraria más grandes jamás imaginada, hecha con las alfombras que él y los demás tejieron en vida.

Aunque el dueño de Pankaj Shah tuviera realmente una fábrica, y más operarios, esperaba que aquello fuese su ruina.

Lo deseé con toda mi alma.

Y hasta pensé que, después de muerto, Iqbal podía ser el germen de aquella revolución.

—¿Adónde nos lleva, señor Albert?

Cada vez que decía *mister Albert* lo pronunciaba de una forma especial, aunque por un extraño juego fonético a mí me sonara igual que «mis-er-abl».

—A un lugar en el que no tendréis que trabajar, salvo para el bien de la comunidad, sino estudiar y aprender a ser personas.

Me sonó a Utopía.

Pero no le hablé de ello.

28

Fue un largo viaje de muchas horas, incómodo, duro, pero más y más gratificante cuanto más y más iba conociendo y hablando con Narayan, Pushpa, Chandaben, Mahendra, Ravi, Abhyankar, Vinesh, Rajiv y Pawan. Nueve historias, nueve sueños, nueve rostros grabados en mi memoria y en mi corazón. Y a través de ellos, también supe de Hari, de Sudha, de Lakhsmi, de Rajesh, de Arun, de Bramaputra, de tantos niños y niñas que no lo habían conseguido, que habían muerto por alguna enfermedad o paliza, o que, al ser ya mayores, habían sido vendidos de nuevo para otros comercios menos artesanales o «liberados» en la calle a su suerte. Yo les había dicho a Toni Roura y a Adrián Calafat, que aunque hubiese miles de fabricantes de alfombras, sólo me había llegado la voz de Iqbal. Seguía siendo cierto, pero nueve supervivientes marcaban mucho más la magnitud de la tragedia.

¿Quién sacaba del olvido a los ciento noventa y nueve millones novecientos noventa y nueve mil novecientos noventa y uno restantes?

Sí, fue un largo viaje a través de una pequeña porción de la India, pero también a través de mí mismo, dejando una huella tan profunda como la deja el arado en la tierra. Pensé en tantas cosas, que me costaría mucho recuperarlas hoy, escribiendo esto. Hay cosas que duelen y dejan heridas en el momento. Después perdura el recuerdo, pero no es igual. Lo curioso es que me sentía heroico y estúpido a la vez, grande y pequeño, en paz y en guerra, importante y «gilipollas». Había jugado como adulto por vez primera, y había ganado. Sabía que había ganado porque Narayan y los demás eran la prueba. Pero todo mi ser se desmenuzaba como la arcilla con el paso de un feroz y milenario tiempo.

Al anochecer, viendo una de las más hermosas puestas de sol que jamás pueda recordar, lloré.

Como un niño.

Solo, perdido, liberado, encontrado, redimido.

Lloré sin que me vieran, débil y frágil, liberando la tensión de las últimas cuarenta y ocho horas, más aún, de los días vividos desde que Martín me entregó el mensaje de Iqbal. El autómata que actuaba a impulsos, por mero instinto, volvía a ser una persona. De larva a mariposa. Mis alas estaban allí. Por extraño que se me antojara, lo había conseguido.

Muchas veces una vida se extingue sin un sentido.

Creo que desde aquellos días, la mía encontró el suyo.

Cuando el sol se hubo puesto, yo también me dormí, aunque no fue demasiado tiempo. Pensé que acababa de cerrar los ojos cuando me despertó el silbato del tren y la cuenta atrás del final de la primera parte del viaje: Bangalore.

Dormimos en la misma estación, apartados de miradas curiosas y formando un ovillo los diez, después de haber cenado un poco de *nan* con pollo al estilo *tandoori*, algo de lo más clásico en la gastronomía del país. El *nan* es el pan indio, hecho con levadura. El *tandoori* un estilo de cocinar en el que se utiliza un horno especial de arcilla conservado a temperatura muy alta con carbón para dar a la comida un ligero sabor ahumado. Aquel día era la primera vez que no comía en un hotel, contraviniendo todas las normas recomendadas por la sanidad de los países occidentales. Pero fue mi mejor cena en la India. Todos sentados en cuclillas, riendo, haciendo bromas, cerrando la cortina del pasado.

Al amanecer, con el cuerpo dolorido y añorando mis placeres occidentales —ducha, aseo, desayuno—, reemprendimos el camino. El tren para Anantapur revivió el mismo tipo de escenas del día anterior, con la salvedad de que en esta ocasión, el viaje fue más breve.

Aquella noche, cuatro *rickshaws* nos dejaron a las puertas del Rural Development Movement o, como lo decían ellos, utilizando las siglas RDM con su pronunciación inglesa, «Ardiem».

29

—¿Quiere repetirlo, por favor?

Lo hice. A grandes rasgos. Madurai, la tienda de alfombras, los nueve niños y niñas esclavizados, la huida, el incendio... y retrocediendo un poco más, Iqbal, sus mensajes, la misma Barcelona en la que aquel hombre que tenía delante había nacido...

Ventura Masferrer me contempló con una mezcla de estupor e incredulidad. No valían credenciales de periodista ni heroicidades salvadoras. Yo era un loco que me presentaba en su vida, en su obra de ayuda, con un cargamento de niños para pedirle que se los quedara y cuidara de ellos.

—Somos una comunidad rural, no una obra benéfica al uso. ¿Se imagina qué pasaría si llegaran niños no ya de toda la India, no. Sólo de Bangalore o del resto de este mismo estado?

—¿Quiere que nos vayamos?

—Yo no he dicho eso.

—Pero le he puesto entre la espada y la pared.

—Tampoco.

—Sólo conozco la fundación por cosas que he leído en Barcelona, pero además de enseñarlos a trabajar la tierra, y darles una educación, usted tendrá aquí un hospital, y un orfanato, y...

—Usted sabe que no voy a echar a esos niños. Si no, no hubiera venido hasta aquí.

—La verdad es que no estaba muy seguro —bajé los ojos como si me disculpara por mis dudas—. No creo que haya cometido ningún delito sacándolos de ese taller, pero Narayan, la mayor, lo quemó, y tal vez los dueños puedan seguirle el rastro y acusarla de algo.

—No, eso no. Olvídelo.

—Entonces, si es por dinero...

—El dinero nos es muy necesario, señor Serradell, por esta razón tenemos la fundación en Barcelona, para que nos hagan llegar fondos y para sensibilizar a la gente. Basta lo que se gasta una persona en un vermut con tapas un domingo para que uno de nuestros niños coma un mes y tenga una oportunidad en la vida. Sin embargo no hablamos de dinero, sino de lo insólito que resulta esto.

—Lo sé.

—¿Escribirá usted acerca de ello?

—Sí —fui rotundo—. Quiero contar la historia de Iqbal, y hablar de los niños que hacen alfombras «a mano» para que nosotros tengamos un poco de la belleza de Oriente en nuestras casas. Pensaba enviarle lo que perciba por esos trabajos, para ayudar a la manutención de mis nueve ahijados y ahijadas.

—¿Va usted a adoptarlos? —sonrió el hombre.

—¡Qué remedio me queda! —fingí resignación.

—Usted aceptó un gran compromiso al meterse en todo este lío.

—Lo sé, por ello en lugar de tener un «protegido», como otras personas en España, tendré nueve. No soy rico, pero algo haré con...

—No se cree ninguna obligación, por favor. Puede que con lo que reciba por ese artículo o cuantos haga, si como pienso la historia de Iqbal se convierte en algo conocido en España, tenga bastante para ayudar a su manutención y educación durante años. ¿Tiene usted familia?

Saqué la fotografía de Estrella, Diana y Oscar. Estaba un poco arrugada. Se la tendí.

—Una hermosa familia —suspiró él.

—Sí —acepté yo mirando más allá de la ventana, donde la noche caía sobre el RDM.

Ventura Masferrer captó mi intención.

—El mundo está lleno de injusticias —dijo—, y nos duelen, y más las que tienen que ver con niños, pero no se atormente usted por ello. Sólo siendo racionales podremos hacer algo, cada cual en su pequeña parcela de influencia. Yo tengo una misión aquí, y usted la tiene allí, de entrada, amando y haciendo que sus hijos sean unas buenas personas. Cada cual tiene su puesto, y aunque ahora se haya salido del suyo y esté aquí, creo que ya sabe que no puede liberar a todos los niños que trabajan como esclavos en el mundo. Pero su voz es importante. Y si trabajamos ahora, aunque sea en esta pequeña isla —señaló al otro lado de la ventana—, por lo menos habrá una próxima generación más humana y con un mayor grado de cultura, honradez y sentido de la equidad. No podemos hacerlo todo de golpe, pero hay que empezar por algo. Usted tuvo pruebas de ese algo y actuó. La verdad es que me siento impresionado. Sólo un loco o alguien con un elevado grado de conciencia, habría hecho lo que ha hecho.

—Yo más bien soy un loco.

—En muchas civilizaciones, a los locos se les veneraba porque eran distintos —Ventura Masferrer me puso una mano en la rodilla, amigable. Luego se puso a nadar en mi conciencia—. Está usted cansado, agotado, y ahora mismo le parece que vive una alucinación. El tiempo le dará la medida de todo.

—La primera vez que estuve en la India, me sentí fascinado, pero fue al cabo de unos meses cuando realmente me di cuenta de muchas cosas; cuando los olores, las sensaciones, los sentimientos, los rasgos, todo volvió a mí, como si tuviera «mono». La India te produce resaca.

—Lo sé.

Me enfrenté a sus ojos bondadosos pero firmes, y traté de exorcizar los fantasmas que aún poblaban mi mente.

—¿Cree que he hecho una tontería típicamente occidental viniendo aquí por una simple nota de socorro?

—No, ni mucho menos.

—A mí me parece tan poco. Nueve niños...

—Escuche —me detuvo—. ¿Se ha preguntado por qué hay tantas Organizaciones No Gubernamentales actualmente en el mundo? ¿Y por qué hay tantas causas por las que luchar? Unas se dedican a velar por los hombres, otras por los animales, otras por la tierra y el entorno. Hay miles de ellas, en defensa de las tortugas, de las focas, de los indios aborígenes, de los elefantes, de los rinocerontes, de las selvas... Las naciones están en bancarrota, humana y moral tanto como económica, y los gobiernos están atados de pies y manos, víctimas de sus propias trampas. Tienen suficiente con mirarse sus propios ombligos. Además, necesitan votos, así que actúan para ganarlos, y siempre son votos a corto plazo para acciones a corto plazo. Si no fuera por esas ONG, por fundaciones como la nuestra, o por actos aislados de personas como usted, nada sería posible. Y no piense que es poco. Nueve seres humanos son nueve seres humanos, lo mismo que mil o cien mil. Quién sabe si entre esos niños que ha traído usted, no haya un futuro Gandhi. En todo hay una mano especial. Para unos es divina, para otros cosa del destino, para algunos más forma parte del gran equilibrio cósmico. Pero nada es desdeñable. Los humanos hemos atacado este planeta más y de forma más agresiva en los últimos cien años que en toda la historia. Le hemos declarado la guerra, y el planeta tan sólo ahora está empezando a defenderse, cambiando el clima, buscando mecanismos de ajuste. La nave Tierra es un ser vivo, señor Serradell. Nosotros somos unos intrusos y pronto nos va a tocar sobrevivir, nada más. Y mientras, aun buscamos justicia entre nosotros, y algunos luchan por salvar lo que otros destruyen. Bienvenido al campo de los primeros.

—Gracias —lo consideré el halago más importante que jamás me hubieran dicho.

—Me alegro de tenerle entre nosotros.

—Y yo de estar aquí —asentí.

—¿Por qué no se queda unos días?

Lo pensé, y pensé en Narayan y los demás. Y al momento recordé a Diana y a Oscar.

—Debo regresar —susurré.

—Mañana puedo hacer que le lleven a Bangalore en coche para que tome un avión a Bombay.

—No quisiera causar molestias.

—No lo será, se lo aseguro. ¿Qué les dirá a esos niños?

—¿Qué puedo decirles?

—Dígales que volverá.

—Pensaba hacerlo.

Ventura Masferrer se puso en pie.

—Vamos, le enseñaré su alojamiento —me dijo—. No quiero que se duerma usted de pie. Pero le advierto que mañana, durante el desayuno, antes de irse, me hablará de cómo está España, ¿de acuerdo? Hace ya demasiado tiempo que no voy por allí.

30

No me fui al día siguiente, sino al otro. Primero porque me desperté poco antes de la hora de comer, segundo porque llovió con generosa copiosidad y me dijeron que sería un problema llegar hasta Bangalore, y tercero porque acabé pasándome horas hablando con el responsable del RDM. También estuve con ellos, mis nueve adoptados.

La segunda y última noche de mi estancia allí, pensé en el santón. No había vuelto a evocar su imagen ni sus palabras desde el momento en que no le hallé junto a la acequia, antes de que me fuera al taller de Pankaj Shah a liberar a mis niños. Aún hoy, me pregunto si existió.

Todo es posible.

Narayan, Pushpa, Chandaben, Mahendra, Ravi, Abhyankar, Vinesh, Rajiv y Pawan llevaban ropa limpia, blanca y pura, y estaban tan aseados que parecían otros. Algunos preceptores ya habían comenzado a trabajar con ellos, hablándoles, buscando las heridas de sus almas, integrándolos, uniéndolos a otros niños y niñas, preparándolos para recibir una educación y para trabajar en el RDM. Había ya un extraño vínculo entre nosotros.

Al despedirme de ellos, hubo lágrimas, besos y abrazos.

Cuando me despedí de Narayan, me dijo una palabra que me recordó mi infancia, aquellos días en los que convertí la figura del Mahatma Gandhi en una de mis favoritas.

—*Bapu.*

Significa algo así como «padre», aunque como occidental no estoy muy seguro de todos sus significados.

Me fui de allí con el corazón dividido, pero sin mirar atrás. Me fui sabiendo que volvería. Me fui dejando algo mío.

Como me dijo Ventura Masferrer, no podemos cambiarlo todo de golpe, pero basta dar un primer paso. Ojalá el efecto dominó fuera inmediato en todo.

Iqbal había movido una primera ficha en mi juego, y en el de muchas otras personas, como sus compañeros y compañeras de moderna esclavitud.

Llegué a Bangalore con la suerte de poder tomar un avión a Bombay aquella misma tarde. Y una vez en Bombay, conseguí un vuelo de Air India para el día siguiente por la tarde con destino a Londres, donde podría enlazar con el de Iberia para Barcelona. Volví al mismo Taj Mahal Hotel que tanto me gustaba y recuperé un poco más las fuerzas. Desde allí telefoneé a Estrella para decirle que volvía a casa.

Fue una larga conferencia, porque se lo conté todo. En paz.

A la mañana siguiente fui a ver la casa de Gandhi en Bombay. Ya había estado allí, pero necesitaba volver. Pasé casi una hora en el balcón de madera enrejada meditando y recuperando cada vez más el equilibrio de mis emociones. Al salir me sentía mucho mejor. Con ganas de estar de vuelta con los míos. También paseé por la estación Victoria para llenarme una vez más del espíritu de la India, me sumergí en su densidad, su abigarramiento, su fuerza, y fui uno más del millón de personas que se mueve a diario por ella saliendo o llegando en sus trenes. Hice fotografías, y le compré a Diana el sari más hermoso que pude encontrar además de una estupenda cazadora para Oscar y un bolso para Estrella. También todo eso es barato allí.

Y no sabía cómo o quiénes lo fabricaban.

Éste es un extraño mundo en el que constantemente estamos tanteando con las manos extendidas y los ojos cerrados. Y no me refiero a la India. Hablo de todo el planeta.

Por la tarde tomé el vuelo a Londres, salí del país, comencé a escribir en el avión antes de que las emociones pudieran tamizarse de alguna forma, y no dejé de hacerlo mientras a mi alrededor todo el mundo dormía. La noche, breve al volar contra el sol, fue así aún más rápida. Las horas de espera en la zona de tránsitos del aeropuerto de Londres fueron una continuación del trabajo. Y acabé mi primer reportaje, y el esquema de este libro, en la última etapa. Quería escribirlo cuanto antes.

Aterricé en Barcelona al anochecer y al poner un pie en tierra me sentí muy extraño.

Como si nunca hubiese salido de casa.

A QUIEN PUEDA INTERESAR...

Como decía en la dedicatoria de este libro, el verdadero Iqbal Masih existió.

Iqbal Masih fue vendido por su padre a los cuatro años por dieciséis dólares. Su comprador, un fabricante de alfombras, lo empleó desde entonces en su tienda sin derecho a nada que no fuera comida y un rincón en el suelo donde dormir cada noche. Iqbal le pertenecía. Había pagado por él. Esclavo pero inteligente, sobreviviendo al infortunio y las palizas, Iqbal se rebeló contra ello y comenzó a luchar de una forma que ni siquiera podemos imaginar. Dirigió el Frente de Liberación del Trabajo Forzado de Pakistán y por un azar del destino, al saberse su historia en Estados Unidos, mereció el Premio Reebok de Derechos Humanos. Este reconocimiento, su influencia entre los demás niños esclavizados, y el cariz de líder nato que le envolvía, hizo que los fabricantes de alfombras del lugar se sintieran amenazados y decidieran eliminarlo para que nada cambiara en su horizonte.

Iqbal Masih fue asesinado en abril de 1995.

Impunemente.

Por increíble que parezca, sólo tenía doce años.

Los fabricantes de alfombras siguen utilizando niños esclavos y, de hecho, nada ha cambiado.

Los viajeros que van a la India o Pakistán, siguen regresando con hermosas alfombras hechas a mano, y muy baratas para nuestra economía. Si esas alfombras se compran en Occidente, valen una fortuna por los intermediarios y los gastos de transporte. Pero son muy hermosas, y preciadas en las mejores casas. Su fama las precede. Los vendedores siempre dicen lo mismo como mejor arma y garantía: están hechas a mano.

Ése es su mito.

Y cuanto más diminuta sea la mano, más pequeños y delicados son sus nudos.

Afortunadamente, el mundo ha comenzado a tomar nota de estos hechos. En la primera mitad de los años noventa se desató una campaña mundial contra una conocida marca de zapatillas deportivas porque en su fabricación, en un país del Tercer Mundo, explotaba a niños pequeños. La marca tuvo que cerrar la fábrica y para lavar su imagen apoyó una fundación de educación a los más pequeños. Es decir, cada día hay más gente que es consciente de que está pagando a precio de saldo objetos hechos con sangre, sudor y lágrimas infantiles.

Es el primer gran paso.

* * *

Hay en el mundo entre 200 y 250 millones de niños esclavizados y obligados a hacer trabajos inhumanos de todo tipo o a prostituirse. Esos «imprecisos» millones se reducen a 73 de entre 10 y 14 años —como si no los hubiera de menos de 10 años o de más de 14—, según la OIT *(Organización Interna-*

cional del Trabajo). Aunque sólo existieran esos 73 millones, la cifra sería ya, aproximadamente, de un niño esclavizado por cada ocho que viven en la Tierra comprendidos entre esos 10 y 14 años. La mayoría de estos casos se da en los llamados Países del Tercer Mundo, concentrados en Asia y en África, seguidos de América Latina, aunque en la actualidad no hay ninguna nación exenta de ello en mayor o menor grado.

Cuarenta y nueve países firmaron recientemente el «Convenio 138» de la OIT prohibiendo el trabajo en edad escolar. Ciento setenta y tres países llevaron a cabo una reunión para tratar el tema en 1996, año en que UNICEF lanzó un mensaje desesperado advirtiendo de que la situación era «una ofensa a nuestra civilización» y una «violación de todos los derechos humanos». El 27 de febrero de 1997, se clausuró en Amsterdam la Conferencia de la OIT encaminada a erradicar el trabajo infantil, poniendo como meta 1999. Loable aunque muy difícil proyecto. Dos centenares de representantes de gobiernos, sindicatos y organizaciones civiles de 40 países, acordaron en esa conferencia la firma del protocolo que prohíba el trabajo infantil en 1999, con la intención de iniciar el siglo XXI con mejores perspectivas. Lo malo es que hay países en los que el trabajo infantil de lugar a un 40% de la producción nacional, y para paliar eso, el mundo rico sólo tiene una medida válida: ayudar a esos países con dinero, para educación y mejora de estructuras sociales. Pero con menos de un 1% de lo que el mundo se gasta cada año en armas, se conseguiría. El analfabetismo y el subdesarrollo son la clave para que muchas naciones sigan formando parte del Tercer Mundo en el futuro, y por tanto, su destino pasa por ahondar el abismo con los países ricos. Su necesidad de mano de obra barata para subsistir o competir, es también su espada de Damocles. Cada año, un millón de niños se incorpora al mercado de la esclavitud en sus diferentes gamas, una de las más espantosas es la prostitución.

Iqbal era pakistaní. Como licencia personal, he situado el libro en la India por la sencilla razón de que no he estado todavía en Pakistán pero sí he recorrido la India de arriba abajo, y he conocido tiendas como la que describo en mi historia. En el pasado, también he visto trabajar a niños sin saber hasta qué punto podrían ser como Iqbal. Todos los niños esclavos son Iqbal, se rebelen o no. No podemos sentirnos culpables de cuanto ocurre, ni siquiera por el hecho de tener una alfombra, pero conocer es saber, y en nuestra aldea global, cada día conocemos y sabemos más. Ignorar, en la era de la comunicación y la información, es lo más dramático.

O como dijo Gandhi: «La peor de las violencias es la indiferencia».

Gracias a Toni Lloret, por el artículo publicado en *El Periódico* de Barcelona el día 3 de enero de 1996, cuya lectura me decidió a escribir este libro.

Gracias a María José Muñoz, por guiarme dos veces a través de la India y mostrarme sus secretos.

El RDM que aparece en este libro no existe, y tampoco es real el nombre de Ventura Masferrer, pero en Anantapur sí existe el RDT (Rural Development Trust), fundado por Vicens Ferrer, y existe la fundación que lo respalda desde Barcelona. En ellos me he inspirado para dar forma a la parte final de mi historia, y quiero manifestarles mi gratitud por su inspiración y su labor.

Por la misma razón tampoco existe —que yo sepa— la AAD (Ayuda de Acción Directa), pero debo dar las gracias a todas las Organizaciones No Gubernamentales citadas a lo largo de estas páginas por su labor. Su espíritu está aquí, presente.

JORDI SIERRA I FABRA, 1996-1997

[illegible]

[illegible]

[illegible]

[illegible]

Esta edición de La música del viento
se terminó de imprimir en los
talleres de Liberdúplex, s.l.
el 31 de Marzo de 1998